Zum Buch

»Guten Tag, die Welt liegt in Trümmern. Ich sammle sie auf. Errichte daraus neue Gebäude. Konstruiere neue Städte. Kann man wohnen drin. Oder weiträumig umfahren.« So begrüßt einen dieses Stück Literatur, bevor es einen hinabreißt in die Abgründe einer Welt, die in uns etwas zum Klingen bringt. Sie ist uns sehr vertraut, es ist unsere Welt! Wenn man Bernemanns Buch liest, kommt es einem vor, als hätte man uns endlich die rosa Brille abgenommen, ja vom Kopf geprügelt. In einer poetischen Klarheit zelebriert er ein Massaker des Lebens, das fasziniert, um gleichzeitig abzustoßen.

Die vorliegende Ausgabe enthält die beiden Bände »Ich hab die Unschuld kotzen sehen« und »Ich hab die Unschuld kotzen sehen 2 – Und wir scheitern immer schöner«, erweitert um die exklusive Bonusstory »Für sie« und zusätzliche vorher unveröffentlichte Gedichte.

Zum Autor

Herr Bernemann wurde vor wenigen Jahren zwischen dem Ruhrgebiet und den Niederlanden geboren. Er wollte schon immer Bücher schreiben, also schrieb er, seit er es konnte, beginnend mit ungefähr sieben Jahren. Er war schon als Kind fasziniert von Musik und schönen, aber auch nicht so attraktiven Worten. Herr Bernemann schreibt Bücher voller Geschichten und Gedichte. Besuchen Sie seine Website: www.dirkbernemann.de.

Lieferbare Titel

Keine verfügbar

Dirk Bernemann

Ich hab die Unschuld KOTZEN sehen 1 & 2

WILHELM HEYNE VERLAG
MÜNCHEN

Die Originalausgaben erschienen im Ubooks Verlag.

FSC
Mix
Produktgruppe aus vorbildlich
bewirtschafteten Wäldern und
anderen kontrollierten Herkünften

Zert.-Nr. SGS-COC-1940
www.fsc.org
© 1996 Forest Stewardship Council

Verlagsgruppe Random House FSC-DEU-0100
Das für dieses Buch verwendete
FSC-zertifizierte Papier *München Super*
liefert Mochenwangen.

Erweiterte und überarbeitete Taschenbuchausgabe 11/2008
Copyright *Ich hab die Unschuld kotzen sehen*
© 2005 by Dirk Bernemann
Copyright *Ich hab die Unschuld kotzen sehen 2 –
Und wir scheitern immer schöner* © 2007 by Dirk Bernemann
Copyright *Für sie* © 2008 by Dirk Bernemann
Copyright © 2008 dieser Ausgabe
by Wilhelm Heyne Verlag, München
in der Verlagsgruppe Random House
Printed in Germany 2008
Umschlaggestaltung: yellowfarm gmbh,
s. freischem unter Verwendung der Vorlagen vom Ubooks Verlag
Satz: C. Schaber Datentechnik, Wels
Druck und Bindung: GGP Media GmbH, Pößneck

ISBN: 978-3-453-67560-5

www.heyne-hardcore.de

Was drin ist

Ich hab die Unschuld kotzen sehen – Teil 1

Begrüßende Worte	8
Ich habe die Unschuld kotzen sehen	10
Polizei	16
Zwischengenerationsopfertäter	21
Stiller Killer	27
Lydia liebt absolut!!!	29
Vertrau mir	34
Sophie goes to Notaufnahme	41
Terrorkuss	43
Gesten & Geräusche sensibilisieren	51
Kurz vorm Krieg	63
Gottes Haus	68
Syndala	76
Tod frisst Familie	90
Für sie	93

Ich hab die Unschuld kotzen sehen – Teil 2
Und wir scheitern immer schöner

Zielgruppendefinition	104
Fickmensch	107
Morgenkind (Stück in zwanzig Teilen)	115
Frau Klose und der liebe Gott	125
Freiheit im Kettenkarussell	132
Sex und Gegensex	140
Szörti	143
Schlachtfest	148
Das Scherbenmädchen	157
Der Weg weg	162
Sentimentales Schnitzel	168
Die letzten dreißig Sekunden	175
Vier Finger Vergewaltigung	179
Generation Kaffee Kippe	188
Die Klingelschlampe von nebenan	194
Valentins Tat	199
Ungeborene Gedanken	211
Selbstbezichtigungsschreiben	214

Lest mehr Gedichte
Lyrik & anderes   215

Ich hab die Unschuld kotzen sehen

Teil 1

Begrüßende Worte

Guten Tag. Die Welt liegt in Trümmern, ich sammle sie auf, errichte daraus neue Gebäude. Konstruiere neue Städte, kann man drin wohnen oder weiträumig umfahren.

Das, was mal Unschuld war, nimmt nun Drogen, tötet aus Lust, ist viel zu frei erzogen, um klar und geordnet zu denken, aber entwickelt sich scheinbar natürlich, gar übernatürlich. Und es ist vor allem unaufhaltsam und nennt sich irgendwann, also bald, gar dreist: Die neu definierte Unschuld. Dabei hat es doch schon so viel auf dem Gewissen, dass dieses expandieren könnte, hat sich kannibalistisch geübt und dann nebenbei sich selbst vergessen.

Moral egal und durch.

Also mittendrin der Mensch, der an allem zu verzweifeln scheint, der sich Wahnsinn kauft, der durchdreht wegen Liebe, Arbeit, Freizeit, Freiheit und allgemeinen Zwängen.

Mensch, mach dein lautes Leben leiser!

Vielleicht auch ein wenig revolutionäres Gedankengut und keine Angst vor Körperflüssigkeiten von Mitmenschen zu haben, empfehle ich. Außerdem empfehle ich auf dies hier eine Betrachtungsweise außerhalb gesellschaftlicher Normen.

Hier tanzen nämlich gescheite und doch gescheiterte Existenzen. Pogogedanken.
Pogo auf dem Todesstreifen.
Zwischen allen Stilen und Stühlen finde man was, suche man was zum Anfassen. Der direkte Weg ist immer noch, sich zu begegnen.

»Für alle, die es wissen wollen – hier ist der Beweis«
Tocotronic

Nicht auf den Tag warten, an dem sich die Sonne weigert zu scheinen. Krebskrank vom Himmel zu schreien und Licht zu geben. UV-Blendung reflektiert an Menschenleibern.
Ein brennender Planet als letzter Funken Hoffnung? Das vielleicht demnächst allerletzte Naturereignis.

Wahnsinn nährt Wahnsinn.
Die Möglichkeit, wahnsinnig zu werden, steigt überall.
Liegt wahrscheinlich an der Überdosis medialer Gewalt.
Davon rate ich Abstand zu nehmen und in Zukunft nur noch meine Bücher zu lesen.
An Stelle von Fernsehen, Spielkonsolen, Chemiedrogen, seltsamen Printmedien und Ficken. Sich und andere.
Das ist alles zu viel.

Es gibt Alternativen zum Wahnsinn ...

Vorhang auf ...

Ich habe die Unschuld kotzen sehen

Das Gelage dieser Tage. Wir liegen mit mehr Krebszellen als Verstand im Kopf auf diesem durchgefickten Sperrmüllsofa. Wir sind Engel, die Verführer und die Verführten des Amokzustandes, mancherorts fälschlicherweise Leben genannt. Um uns schießt Dummheit wie vergiftete Pflanzen aus krankem Boden.

Sie liegt wie tot in meinem Arm.
   Liebe ich sie?
   Sie atmet einen süßlichen Duft, den Cocktail aus Fastfoodkotze, Magenschleimhautentzündung, Billigwhisky und meinen Küssen. Sie ist die wildeste Diva, die ich jemals in meinen Armen halten durfte. Ihr Augenaufschlag ist so eindeutig und geprägt von authentischer Leidenschaft, nur blieb er die letzten Stunden aus.
   Komatös, gelähmt, bis an den Rand gefüllt mit Gift.
   Alltagsgift.

Ihr Atem ein Röcheln. Auf der Suche nach Sauerstoff im luftleeren Raum.
   Sauerstoff ist Zuversicht.
   Also ist Verzicht schlicht schlecht, Baby.
   Atme und lebe!
   Zugreifen, trinken, inhalieren, abdrücken, schlucken.
   Atme Luft wie Gift in deiner Vergangenheit!

Sie hier, noch warm, zu spüren, ist die Wohltat dieses Erwachens, mit dem ich aufgrund des Konsums der Vortage kaum noch rechnete. Jetzt bin ich wach, aber kalt und tot. Meine Augen gleiten durch den spärlich möblierten Raum, der uns manchmal mit seiner Miete aufzufressen drohte. Unsere Villa. Violette Wände. Beruhigend und stimulierend zugleich. Der Engel in meinen Armen scheint auch nicht zu wissen, warum diese Stille so paradox ist.

Überhaupt, sie scheint nichts mehr zu wissen. Ich überprüfe die Körperfunktionen meiner Drogenkönigin. Verlangsamter Puls, auffällig flache Atmung.

Flügellahmer Engel.

Eine alte Bekannte. Die Liebe meines Lebens. Die Erbin meines Wahnsinns. Unsere Geschichte zu erzählen bedarf es keiner Erinnerung, nur intensiver Zwischenmenschlichkeit und – wie gesagt – des Wahnsinns in seiner alltäglichen Erscheinungsform.

Das bilde ich mir doch nicht ein.

Ich taste nach meinen Filterzigaretten. Wohnzimmertisch. Wohnzimmer? Wohnen?

Gedanken überdosiert!

Ich lache herzhaft in meinen inneren Wahnsinn, der bestimmt in meinen gelben Augen sichtbar ist.

Feuerzeug flackert kurz auf. Durch Inhalation übertrage ich die Flamme auf ein Billigtabakprodukt. Schmerzen wie Presslufthammerzärtlichkeiten beweisen mir meine Existenz. Wieder einen Rausch überlebt.

Aber ich sorge mich um meinen Engel. Ihre weiße Haut wirkt in meinen zugedröhnten Augen neongelb. Sie trägt nur Unterwäsche und ihr Körper scheint wie ein gelber Fluss, lediglich von zwei schwarzen Brücken unterbrochen, meine Beine runterzufließen.

Ihr Menschlichkeitsduft übertönt den des Giftes. Das bemerke ich aber erst, als ich meine Wahrnehmung selektiert habe und mich durch Selbsthypnose davon abgehalten habe, auf den ruhenden Körper der Geliebten zu kotzen.

Ihre linke Hand umklammert eine geleerte Flasche. Ich betrachte für fünfeinhalb Minuten den kleinen Finger ihrer linken Hand, das erste Lebendige an der dichten Prinzessin, seit ich sie betrachte. Er bewegt sich auf und ab und scheint die Flasche zu streicheln. Da sie generell momentan wie tot wirkt, interpretiere ich diese Szenerie der wahrscheinlich alkoholisch beeinflussten Komabewegung als Zeichen ihrer endlosen, lebensbejahenden Leidenschaft.

Gedanken sind auf der Flucht vor mir. Die Detailverliebtheit meiner Intensivbetrachtung verursacht gelbe Kreise beim Kopfbewegen mit Blick auf die karge, leere Wand. Irgendwie lässt die Selbsthypnosewirkung schneller nach als erwartet.

Nahrung will nach außen.

Allerdings schaffe ich es noch, meinen Oberkörper nach vorne schnellen zu lassen, damit die nun auf die Kacheln klatschende graugrüngelbliche Masse nicht auf meine Göttin gerät. Sie wird es mir danken, denke ich. Irgendwie wird sie mir danken, dass ich sie nicht mit meinem Mageninhalt zugedeckt habe.

Ich hätte jetzt wahnsinnige Lust, sie zu ficken, bis der dritte Weltkrieg zu Ende ist.

Meine Kotze stinkt erbärmlich.

Aber ich habe ebenso keine Lust, mich jetzt von diesem Möbel zu erheben und einfach so weiterzuleben. Diese ganze Scheiße hier kotzt mich extrem an. Mindestens so, wie ich diesen billigen, mies gekachelten, kalten Boden, bedeckt vom Müll unserer Zweisamkeit. Unaushaltbarer Amokdrang. Ich pendle irgendwo zwischen Mordlust und selbstzerstörerischem Tanztheater.

Ich stehe auf, mit nackten Füßen in meiner Kotze. Dass die Schlampe dabei unsanft mit ihrem scheiß Schädel auf den Glastisch ballert, erfüllt mich irgendwie mit Freude.

Ich lache lauthals.

Sie scheint gerade von ihrem Komaausflug zurückzukehren und blinzelt verlegen mit ihren schiefen Augen. Das wühlt längst vergessene Aggressionen in mir auf. Als sie sich langsam in eine Art aufrechte Haltung begibt, schleudere ich ihr eine achtlos abgestellte, halb leere Flasche Bier in ihr zerknittertes, besoffenes Kummergesicht.

Ihr Nasenbein macht ein Geräusch wie ein herzhafter Biss in eine scheiß Scheibe Knäckebrot, nur ca. viermal so laut. Ihr Blut spritzt beim Aufprall der Pfandflasche in alle Richtungen. Rote Perlen in meiner Kotze, rote Flüsse an lila Wänden, rote Seen in ihrem scheiß Gesicht.

Tränen erregen weitere Wut.

Ich bewege mich auf dieses wehrlose Stück vergiftetes Menschenfleisch zu und schlage mit meinen Fäusten in ihren zugedröhnten, weichen Körper, der bei jedem Hieb weiter in das Sofa zu fliehen scheint.

Ich interpretiere das als Feigheit und verprügle sie weiter. Ihre Augen platzen auf. Ihre scheiß verführerischen Augen. Ich falle auf ihr sitzend, auf sie eindreschend vom Sofa. Unstillbare Blutgier. Ihr Kopf in meinen Händen. Ich lasse ihn mehrmals auf die Kacheln herabsausen, die in ihrer Instabilität zerspringen. Ihr verfickter Weiberschädel ist nicht kaputtzukriegen. Sie quieckt wie ein Ferkel, dem man bei lebendigem Leibe ein Beinchen mittels scharfem Messer vom Restleib abtrennt.

Nicht mal vernünftig reden kann sie. Nicht mal bitten, aufzuhören. Also zerstöre ich sie weiter, wie sie es schon lange mit mir tut. Sie lebt nicht nur mit, sondern auch von mir, und das mit Kalkül und immenser Gewissenlosigkeit.

Ihr nahendes Ende ist mein Freispruch.

Meine Fäuste treffen bald nur noch matschiges rotes Fleisch und um ihren Kopf bildet sich in relativ schneller Fließgeschwindigkeit eine Blutlache, deren Anblick mich euphorisch elektrisiert und zu weiteren Schlägen auffordert.

Ich zolle ihr Tribut, unserer abgestandenen Zeit der Unfähigkeit zu lieben und meiner Unfähigkeit wegzulaufen. In weitere Gefilde.

Gedankengebilde.

Ich verlasse ihren regungs-, gesichts- und ausdruckslosen Körper. Stelle mich über sie. Ein Lächeln für sie, da liegend in ihrer ganzen vollkommenen, verkommenen Sinnlichkeit. Beuge mich noch mal über sie herab.

Verabschiede mich mit einem Kuss auf den Bereich ihres Gesichtes, den man früher Wange nannte. Sie ist

so süß, auch jetzt mit substanzlosem Schädel und ohne diese Geilheit in ihren Augen.
 Die Schlampe hat sich verkalkuliert.

Ich gehe in den Garten und begrüße den neuen Tag.
 Und ich vermute, es ist ein verfickter Sonntag.

Polizei

Ich. Bin. Ein Deutscher. Polizist.
   Gesetzbuch im Schädel. Respektlos im Umgang mit Abschaum.
   Zukunftsorientiert. Nur so kannst du deinen Job gut machen.
   Das tue ich.
   Ich mache meine Arbeit brillant.

Zunächst fahre ich heute die Bürokratenschiene, Posteingang und -ausgang. Krieche meinem Vorgesetzten in den Arsch, diskriminiere die niedrigeren Dienstgrade. So ist das System. In diesem Land. In meinem Kopf.
   Korrekt. Ich bin ein guter Polizist. Irgendwo ...

... ein Mord.
   Ich und mein unfähiges Kack-Team werden mit dessen Aufklärung beauftragt. Überfliege die Akte. Berichtet von einem Opfer, jung, weiblich, aufgefunden voll mit illegalen Substanzen, aber ohne Gesicht. Kein Gesicht, keine Identität. Erschlagen. Wahrscheinlich mit bloßen Händen zu Tode geprügelt.

Diskutiere mit Kollegen drüber. Einfühlsame Arschlöcher, zumindest einige in meinem Team. Meint doch tatsächlich einer, so 'n Kriminalstudentenpisser, ihm tue das Opfer leid. Von wegen so böse zugerichtet und so 'n Scheiß.

Ich hab dazu nix gesagt, hab nur versucht, neutral zu schauen. Beruf verfehlt.

Ich habe bereits einem Menschen ins Gesicht geschossen und bin stolz darauf. Du weißt nie, wer vor dir steht und was bei dem und in dessen Dunstkreis abgeht.

Der völlige Freak kann sich harmlos tarnen und hinter meinem Rücken oder unter seinem Autositz mit Waffen hantieren. Jeder kann ein Freak mit 'ner Knarre sein.

Ich bin einer. Polizist.

Raus.

Auf die Straße. In die Stadt. Ich befehle es mir. Ich folge meinem Befehl. Es ist wie früher, als mein Vater mir Befehle erteilte, nur jetzt bin ich mein Vater und ich in einer Person.

Ohne Ausweg.

Wir starten die verfickten Ermittlungen. Ergründen das Umfeld. Wedeln mit unseren Ausweisen wichtig und seriös vor Angehörigen und Freunden der Leiche rum.

Ich erlebe wieder mal einige Zusammenbrüche von irgendwelchen bedeutungslosen Menschen. Die sind ja noch viel emotionaler drauf als meine sozialverseuchten Kollegen. So ist das Leben, ihr Penner.

Wahrscheinlich wollte die Schlampe ihr Dichtmachzeugs nicht teilen und ist von irgend so 'nem durchgefreakten Assi-Penner plattgemacht worden. So ist es doch oft. Der eine hat, was der andere will, und es gibt Stress. Gibt's 'nen Freak dabei, gibt's 'ne Leiche. Noch Fragen? Ich nicht. Angehörige heulen. Freunde auch. Ich verstehe die Leute nicht.

Ich weine nie.
Warum auch? Die Welt ist, wie sie ist. Und ich bin Realist. Polizist. Fertig. Tränen sind nichts für mich. Tränen entstellen Männer. Das ist eine der wenigen Weisheiten, die mir mein Vater mitteilte. Er hat nie mit meiner Mutter und mir geweint, nur immer Gründe zum Weinen geschaffen. Er wohnt jetzt allein am anderen Ende der Stadt. Manchmal ist es mir ein Bedürfnis, ihn zu besuchen. Manchmal ist es mir ein Bedürfnis, ihn von einem Auftragsmörder besuchen zu lassen.
Weiter im ungeklärten Fall verlieren sich die ungeklärten Gedanken wieder.

Ich will den Täter.
Den will ich, den Penner.
Seinen Körper. Kindheit und psychologische Gutachten? Drauf geschissen. Der Typ ist krank, deswegen will ich ihn haben.
Ihn ausmerzen.
Geht mir nicht drum, das Opfer zu sühnen. Das ist egal. Für die war und ist es zu spät. Aber ich will diesen Typ aus der Gesellschaft entfernen. Ausgliedern. Die Straße entkriminalisieren. Unkraut jäten. Ich habe keine guten Ideen für eine Revolution oder so was. Will nur störende Kräfte ausschalten.

Ich stehe genau dazwischen. In der Schusslinie des Gebildes Gesellschaft und der unausgelebten Hemmungen von genau derselben Gesellschaft. Stehe da und tue meinen Dienst. Mit meinen Mitteln. Mein glorreiches Vaterland stärkt mir den Rücken.

Ich verdiene schlecht, aber ich habe eine Waffe, ihr Wichser. Das macht mich überlegen im täglichen Kampf gegen das System der Kaputten. Ich urteile nie, aber ich verurteile. Euch, ihr kriminellen Energien da draußen.

Ich kriege euch alle.

Und dann Gnade euch Gott oder sonst wer.

Ich tu es nicht.

Ungnade allein ist meine Leidenschaft.

Der erste Ermittlungstag war ermüdend und frustrierend, die restlichen 278 Ermittlungstage waren es ebenso. Die Fahndung wurde dann eingestellt. Ich vermute den Täter weiterhin im engeren Bekanntenkreis des Opfers. Habe keine Beweise gegen irgendeinen von den Pennern. Ich hatte das Bedürfnis, den Freund der Kaputtgeschlagenen einzulochen, weil kriminelle Energie von ihm abstrahlte. So was spüre ich sofort. Der Pisser ist aber harmlos, was nach einigen Verhören deutlich geworden ist. Ich habe ihn nicht gekriegt, den Mörder. Ich kann so was schnell vergessen. Und außerdem kann ich mich nicht um jeden Arsch kümmern. Die Polizei. Ihre Polizei. Respektieren Sie die Autorität der Polizei.

Ihr habt ja alle keine Ahnung.

Wurde mit einem neuen Fall betraut. Toter Mann, tote Frau, jeweils Kopfschuss. Gehirnverteilungsmaßnahme und Gedankenausschüttung. Klare Verhältnisse. Ein Typ bringt seine Frau und deren Lover um, weil dieser seine Gattin um den Verstand ficken konnte, was ihm mit seiner jämmerlichen Ausstattung nicht vergönnt war. Das habe ich innerhalb von 3 Tagen herausgefunden. Ganz einfach. Zugriff.

Ich kann weder Opfer noch Täter verstehen. Ich. Bin. Ein Deutscher. Polizist.
Und ich mache meine Arbeit brillant.

Ich sollte meinen Vater besuchen (lassen). Ich wähle eine Handynummer und verabrede mich mit einem Typen, den ich nie zuvor gesehen habe. Er sagt, er würde irgendwann meinen Vater besuchen. Das Leben ist manchmal zu einfach ...

Zwischengenerationsopfertäter

Verdammt bin ich als Mitglied einer Zwischengeneration.
Ich bin 57, habe sowohl Kinder als auch Eltern, die einfach nicht sterben wollen. Außerdem bin ich seit kurzem geschieden, arbeitslos und wahrscheinlich impotent.
Das habe ich zuletzt im Puff festgestellt.
Ich war wieder mit einer von diesen Asiatinnen zusammen, allerhöchstens 17. Der Sex mit der kleinen Schlampe fand aber für mich nur im Kopf statt, denn alles andere bewegte sich nicht. Wir haben ca. 'ne Stunde dagelegen und das Mädchen hat sich wirklich bemüht, mir zu einer Erektion zu verhelfen.
Vergebens.
Scheiße. Und wohin mit diesen Gedanken? Korn macht mir den Kopf frei. Und ich gucke Nachrichten, bis die Gedanken wiederkommen. Das geht schneller als vermutet ...

Mit Nutten zu ficken war immer geil, doch irgendwann hab ich bemerkt, dass sich der blöde Pimmel nicht mehr mit Blut füllt. Der Schwellkörper schwillt nicht mehr. Das ist ein fulminantes Problem, denn ich habe immense Lust auf Sex, aber nix bewegt sich.
Das ist quälend und schreit danach, betäubt zu werden. Dieses Gefühl, diese Diskrepanz zwischen Wollen und der eigentlichen Unfähigkeit neigt dazu, mich wahnsinnig zu machen. Ein weiterer Korn beruhigt das Gemüt und ein

weiterer beruhigt es weiter. Aber Gedanken setzen sich selbstständig fort.

Unaufhaltsam. Schädelspaltend ...

Leihe mir eigentlich auch häufiger Pornofilme aus, um mal abzuchecken, inwieweit sich nix mehr bewegt. Vor 'nem Monat hat es noch leicht gekribbelt, wenn 'ne vollbusige Blondine auf 'nem Schwanz ritt und schrie, als ob sie jemand in zwei Teile reißt.

Gestern saß ich da, wieder Video an, und ein weißer Riese fickt 'ne Latinoschlampe in den Arsch. Nix.

Nicht mal Kribbeln. Meine Eier blieben weich und matschig wie immer und mein Schwanz klebte daran wie festgetackert. Das ist ein Dilemma.

Kumpel von mir sagt immer, soll ich mit zum Arzt gehen. Fachabteilung Urologie. Für Schlauchproblematiken aller Art.

Sag ich: Halt's Maul, du Penner!

Niemand außer mir selbst oder 'ner Hure fasst meinen Schwanz an! Das geht mir gegen jede moralische Überzeugung. Und dann am besten irgend so 'n Metzgerdoktor, der irgendwelche bösartigen Krankheiten findet und am Ende noch amputiert.

Ne danke, beim besten Willen nicht. Niemals. Unter keinen Umständen.

Solange ich noch pissen kann, habe ich Hoffnung.

Eigentlich trägt meine Exfrau die Schuld für diesen widerlichen Zustand. Sie hat mich verlassen und hat somit Schuld.

Ja, Katharina, du bist die Sau, die mein Leben auf dem Gewissen hat, und niemand sonst!

Unsere Ehe dauerte 34 Jahre, bis die blöde Schlampe auf so 'nen Selbstverwirklichungstrip kam. Das fing damit an, dass sie nicht mehr mit mir bumsen wollte, wenn ich wollte, und ich dementsprechend meinem Verlangen mit einigen kleinen Schlägen Nachdruck verleihen musste.

Sie fing dann an zu heulen, was mich teilweise so geil machte, dass ich innerhalb von Sekunden abspritzte.

Außerdem vernachlässigte sie fast alle ehelichen Pflichten, die sie mir mit ihrem Jawort in die Tasche heuchelte.

Meine Frau, meine Katharina.

Ich habe sie geliebt, so viel ist sicher, doch dann taten sich bei ihr Abgründe auf, die ich nicht im Entferntesten geahnt hatte. Eigentlich kann man sich auf niemanden verlassen.

Aber sie war hübsch. Hübscher war sie natürlich, als ich sie geheiratet habe. Aber sie ist nicht hübsch geblieben, weswegen ich mich teilweise anderweitig umsehen musste.

Triebhaft, versteht sich.

Manchmal bin ich betrunken durch die Nacht gestolpert, auf der Suche nach Sex. Ich war meistens in Kneipen und sprach fremde Frauen an. Denn ich habe es verdient, mit wunderschönen Frauen Sex zu haben.

Meine Katharina hat drei Kinder zur Welt gebracht. Danach war sie hässlich. Nach 3 Geburten war ihr Körper ausgeleiert und ihr Gewebe runzelig.

Das hat sie toll hingekriegt. Kinder kriegen.

Ich habe nie gewollt, dass sie Kinder kriegt, aber sie hat es einfach getan. Zwei Söhne und ein Mädchen.

Erziehungsauftrag fehlgeschlagen.
Wer hat hier überhaupt wen beauftragt?
Mich hat nie jemand gefragt, ob ich Lust habe, diese Kinder zu erziehen. Das war eh von vornherein eine unmögliche Mission. Katharina hat davon keine Ahnung und ich hatte dafür keine Zeit, denn ich war ein berufstätiger Mann.
Damals war ich es noch.
Gelernter Lagerarbeiter. Baustoffe.
Acht Stunden täglich. Und daheim die Brut nebst Frau. Die Schwangerschaften waren die Hölle für mich. Ihr war es bestimmt egal. Im Nachhinein betrachtet.

Ein Sohn, nennen wir ihn Fehlgeburt 1, hat sich bereits im Alter von 19 Jahren zur Homosexualität bekannt. Der kommt mir nicht mehr ins Haus. Der soll sich mit seinesgleichen vergnügen und an Aids verrecken, oder ihm soll der Schwanz abfallen.
Den habe ich fein aus der Familie ausgegliedert.
Für die schwule Fehlgeburt 1 führt kein Weg zurück in mein Haus.
Niemals.

Der zweite Sohn, Herr Fehlgeburt 2, ist bei der Polizei, relativ erfolgreich, aber in meinen Augen ein versagender Idiot. Hat keine Frau, ist wahrscheinlich auch schwul.
Fehlgeburt 2 kommt noch ab und zu mit 'ner Flasche Weinbrand vorbei, um seinem alten Vater einen von seinem Pseudoerfolg bei der Polizei zu erzählen.
Ich bin immer froh, wenn er wieder weg ist. Ich ertrage ihn ungern in meiner Nähe und trinken tu ich auch am liebsten allein. Er sollte mal zum Psychologen gehen und

den mit seinen blöden Problemen volltröten. Und mich in Ruhe lassen und den Weinbrand per Post rüberschicken.

Meine Tochter ist ein hübsches Kind, trotzdem nenne ich sie jetzt hier an dieser Stelle Fehlgeburt 3. Sie ist wirklich schön, aber leider fehlen ihr wichtige Gehirnwindungen zum Treffen weiser Entscheidungen. Sie ist bereits verheiratet mit so 'nem nichtsnutzigen Rumtreiber.
Sie nennt ihn freien Künstler.
Der Typ schmiert bunte Farben auf Leinwände. Nennt das dann abstrakte Kunst, der Bengel. Dafür sollte man ihn einsperren und verhungern lassen. Ich weiß nicht, warum meine Tochter sich mit diesem Mann abgibt.
Als sie pubertierte, hätte ich tausendmal lieber mit ihr gefickt als mit Katharina. Es ist aber dazu nie gekommen und ich weiß bis heute nicht, warum nicht.
Gelegenheiten gab es genug.

Auf keines meiner Kinder kann ich wirklich stolz sein. Auch nicht auf die Ehe, die ich irgendwie aufrechterhielt. Katharina hat in ihrem Job als Hausfrau und Mutter der Fehlgeburten 1 bis 3 gründlich versagt. Gut, sie hat die Räume sauber gehalten und mir und den kleinen Fehlgeburten was zu essen gemacht.
Aber sie hat nachgelassen.
Irgendwann hat sie aufgehört, eine gute Ehefrau zu sein. Ich habe ihr dann öfter mal was aufs Maul gegeben in der Hoffnung, ihre Gedanken zu ordnen. Sie zu sortieren.
Hat nichts geholfen. Irgendwann war sie einfach weg.
Und kurz darauf war unsere Ehe Vergangenheit und die Scheidung offiziell.

Dann kam die Arbeitslosigkeit. Krise in der Firma. Die Auftragslage habe sich verschlechtert, man müsse Maßnahmen ergreifen. 24 Jahre habe ich mich für diesen Laden krumm gebuckelt.

Ich war ein guter Lagerist.

Selten krank. In mir steigt Hass auf und äußert sich durch einen heftigen Fußtritt gegen den rustikalen Wohnzimmerschrank.

Es klingelt plötzlich an meiner scheiß Tür.

Lange nicht dieses Geräusch gehört. Ist bestimmt Fehlgeburt 2 mit 'ner Flasche unterm Arm.

Oder Katharina kehrt reumütig zurück.

Oder Fehlgeburt 1 kratzt um Gnade winselnd im rosa Anzug an meiner Tür. Oder die Fehlgeburt 3 hat endlich ihren Künstler verlassen und will Sex mit ihrem Vater. Natürlich, sie wird es sein.

Sie kann mich retten.

Mein Kind kehrt zurück.

All diese Gedanken denke ich innerhalb einer halben Sekunde. Dann erhebe ich mich aus meinem Fernsehsessel. Auf dem Weg zur Haustür begegne ich einem Spiegel, der mich zu beleidigen versucht durch das Bild, das er mir entgegenspuckt.

Dem trotze ich.

Ich bin immer noch nicht alt, obwohl ich so aussehe.

Langsam schleppe ich mich zur Tür, öffne sie, dann geht das Licht an und schnell wieder aus ...

Stiller Killer

Stiller Killer. Schaut um die Ecke. Bringt dich um die Ecke.
 Ein attraktiver Mann, Mitte 20.
 Tötet.
 Für Geld. Auch in Serie. Für mehr Geld.
 Serienmörder.
 Schweigt. Nur ein Nicken. Kein Handschlag zur Begrüßung. Man sitzt da und wird beauftragt, ein Problem zu lösen. Ein Herr mit maßlos überreiztem Lächeln.
 Sagt, er sei Polizist.
 Kein Blickkontakt. Keiner der Männer ist dazu imstande.
 Der Deal ist perfekt.

Raus in die Stadt. Auf die Suche. Stiller Killer weiß, wo Opfer bald nicht mehr unter uns leben.
 Es wird sein wie immer: schweigen, zielen, treffen, töten.
 Wie immer. Immer wieder.
 Für die Miete. Für seinen Dresscode.
 Für diverse Waffen nebst Munition.

Und für Lydia, seine Geliebte. Ein natürliches Mädchen, der Meinung, ihr Freund sei ein erfolgreicher Handelsreisender.
 Lügen. Liebe. Schweigen.

Schweigen. Auf der Suche.
 Stilles Opfer.
 Im stillen Zimmer.
 Sofasitzend, schweigend.
 Wartet.
 In Erwartung. Erwartet Veränderung. Dinge drehen sich im Raum. Kreisende kleine Gedanken.
 Nur warten. Auf Veränderung. Schweigend. Stilles Opfer.

Dieses Viertel.
 Dieses Haus.
 Dieses Stockwerk.
 Diese Tür. Dahinter ein stilles Opfer.
 Davor der stille Killer. Ganz leise. Ganz sanft.
 Still verharrend.

Drei Gedanken: zielen, treffen, töten.
 Sonst nichts. Ansonsten Leere.

Türklingel. Schritte. Stiller Killer, stilles Opfer.
 Ein Schalldämpfer flüstert.
 Und lautlos fliegt der Kopf weg.

Fertig.
 Lydia, I love you.

Lydia liebt absolut!!!

Da vorne steht mein alter Freund Benjamin. Er ist wirklich ein alter Freund. Ich kenne ihn noch nicht lange, aber er scheint so alt zu sein wie diese Welt. Dieser Mann ist so weise.

Derzeit sehe ich ihn nur auf einem Foto. Er lacht, mein alter Freund. Wahrscheinlich liebe ich ihn unermesslich.

Ich bin kein Mann. Ich bin eine Prostituierte.

Grundsätzlich verachte ich Männer wegen ihres Verhaltens beim Sex. Gott hat Männer gemacht, damit Nutten Arbeit haben.

Mein Name ist Lydia und ich glaube, ich habe mich in Benjamin verliebt.

Ich habe ihn nicht während meiner Arbeit kennen gelernt, was wahrscheinlich auch nicht zu diesen Gefühlen geführt hätte. In seiner Nähe spüre ich ihn und, wenn alles gut läuft, auch mich. Das ist aber nicht immer schön, weil ich dann viel über mich nachdenken muss.

Das tut oft weh und macht mich schlaflos in seinem Arm.

Aber es ist *sein* Arm, in dem ich in solchen Nächten liege. Und dann werde ich manchmal ganz ruhig, so ruhig, dass ich fast nicht mehr atme, aber doch atme und Benjamin beim Schlafen zusehe. Liebe wächst.

Ich wachse mit.

»... *while deep in me, deep in me, where is my inner tragedy, while deep in me, deep in me, it hurts to talk with me* ...«

Phillip Boa and the Voodooclub – Atlantic Claire

Es ist die Auferstehung meiner Persönlichkeit. Das in mir existente Vakuum beginnt sich zu füllen.

Benjamin füllt mich auf wie eine staubige Rotweinkaraffe.

Manchmal ist alles schön mit ihm. So schön sauber und gepflegt. Es macht mir nichts aus, nüchtern in seiner Nähe zu sein. In seinem Apartment.

Benjamin.

Der Mörder meiner Sinne, die mit dem Hauch eines Kusses aus seiner Richtung verschwinden. Ohne Sinne kann ich elegant leben. Hätte ich Sinne *und* diesen Job, wäre mein Leben schnell zu Ende. Ich erlebe momentan die Wiedergeburt verloren geglaubter Emotionen.

Ich erkenne natürlich sofort die Gefahr.

Liebe = Verwundbarkeit
Starke Liebe = Drahtseilakt
Absolute Liebe = Tod

Mit der Zurückhaltung von absoluter Liebe vermeide ich meinen Tod, bin vielleicht ein wenig verwundbar oder gehe auf einem scheiß Drahtseil spazieren. (Wovon ich als Kind immer träumte: Lydia, die weltberühmte artistische Hochkultur in absolutem Perfektionismus!!! Schade, heute ficke ich stinkende Unbekannte für einen Hungerlohn.)

Und morgen wahrscheinlich auch noch.

Diesen ganzen Monat noch.

Dann steige ich aus, wie aus einem Zug, der am perfekten Bahnhof hält, wo der perfekte Geliebte mit einem perfekten Blumenstrauß auf mich wartet. Soweit und so weit die Träume.

Jetzt in diesem Moment winde ich mich unter einem Soldaten. Ein mechanischer Stecher mit stechendem Blick. Allerhöchstens Anfang 20.

Er ist stolz auf seinen ersten, blöden, blonden Schnurrbart. Als er seine scheiß Unterhose auszog, erfüllte ein Geruch den Raum, den ich auch nur als stechend beschreiben kann. Es ist Freitagnachmittag und ich ficke die Leiche des unbekannten Soldaten, mache dabei Stöhngeräusche und nenne den kleinen sabbernden Idioten einen geilen Hengst.

Er gibt mir 120 Euro und verlässt wortlos den Raum, nachdem er sich wieder in seinen miefigen Tarnanzug nebst vollgepupter Unterhose integriert hat.

Geh, du Arschloch, und nimm deinen Gestank mit!!!

Zünde mir 'ne Zigarette an und denke an Benjamin.

Denke an unser Kennenlernen in diesem kleinen Club. Ich tanzend auf E. Er Anzug tragend, rauchend auf einem dieser Barhocker.

Blicke.

Dieser Typ wirkte in diesem Club so deplatziert wie ein Buch (Brecht, Goethe, meinetwegen auch Tucholsky) im CD-Schubfach einer Kompaktstereoanlage ohne Energie. Ich musste ihn dauernd anstarren und unsere Blicke liefen sich an diesem Abend häufiger über den Weg.

Guten Tag, ich bin der Blick von Lydia, der Prostituierten.
Freut mich, ich bin der Blick von einem wunderschönen, intellektuellen, warmherzigen, emotionalen Mann, der Lydia aus ihrer zu kalten und menschlichen Misere retten wird. Komm in meine Welt, schöner Blick ...
Später zog ich mir in ca. 3 Meter Luftlinie vom Schönen 'nen Longdrink rein. Wirkte neben und mit dem E wie Aufputschmittel und es ging ein Jetzt-oder-nie-Gefühl durch mich durch. Mit zitterndem Zeigefinger der rechten Hand tippte ich ihm auf sein geil duftendes, extrem elegantes Nadelstreifensakko und er drehte sich zu mir um und warf mir einen Blick zu, der mir den Atem, den Verstand und sämtliche Körperfunktionen samt deutscher Sprache raubte. Ich sagte trotzdem was, weiß nicht mehr, was, aber es war gut und reichte ihm zum Aufbau eines Gespräches.

Dann sahen wir uns öfter. Irgendwann küssten wir uns und ich hatte das Gefühl, dass etwas in mir aufbrach, von dessen Existenz ich bislang keine Ahnung hatte.

Benjamin ist Handelsreisender. Verkauft irgendeinen Elektro-EDV-Schrott an große Konzerne, sagt er. Deswegen ist er viel unterwegs, sagt er. Aber er kann sich auf dieser Basis eine Beziehung vorstellen, sagt er. Gut, sage ich.

Er kann sich einiges leisten durch seinen Reisejob. Schnelles Auto, elegante Kleidung, winzige Telefone und lauter anderen Mist, den kein Mensch braucht.

Benjamin scheint all das zu brauchen, um sich gut zu fühlen.

Soll er.

Von meinem Business hat Benjamin keine Ahnung.

Er denkt, ich sei, wie ich erzählte, Designerin.

Für Tapeten, Teppiche, Gardinen. Aber ich bin eine verdammte Prostituierte. Verirrt im Neonlicht der Großstadt. Aber ich steige aus, wie aus einem scheiß Zug. Runter von dem scheiß Trip, von diesen Gleisen Richtung Untergang.

Bald ist Endstation und Benjamin wartet am Bahnhof auf mich.

Bestimmt.

Vertrau mir

> »There is noone left in the world
> that I can hold onto
> there is really noone left at all
> there is only you
> and if you leave me now
> you leave all that we were undone
> there is really noone left
> you are the only one
> and still the hardest part for you
> to put your trust in me
> I love you more than I can say
> Why don't you just believe«
>
> The Cure – Trust

Gestern ist mir etwas zum ersten Mal in meinem Leben passiert. Aber es gibt Dinge, an die gewöhnt man sich nie so wirklich. Wie an diese Sache.

Ich brauche eine verdammte Kur und schnell noch einen Whisky und Sex. Doch der Rahmen meiner Möglichkeiten ist begrenzt. Statt Kur hab ich jetzt zwei Wochen Sonderurlaub, statt Whisky meinen billigen Korn und statt Sex nur mich selbst.

Und ich hab mich nicht mal lieb.

Es kotzt mich quasi an, mit mir selbst Sex zu haben. Ich bin einsam in einer deutschen Großstadt. Es ist eine Mörderstadt und eine Selbstmörderstadt. Und ich transportiere Mörder und Selbstmörder durch diese Stadt, denn ich lenke eine scheiß Straßenbahn durch diese scheiß Stadt.

So ist es.
 Und gestern ereilte mich zum ersten Mal innerhalb von sieben Jahren dieses Straßenbahnlenkerschicksal. Selbstmörderin aus dieser Selbstmörderstadt sprang vor meinen Zug. Einfach so. Sie wollte nicht zusteigen, sie wollte aussteigen.
 Aus ihrem Leben.
 Die Polizei sagte später, dass dies ein absolut geplanter Suizid gewesen wäre. In der Hosentasche eines etwas weiter entfernt liegenden Beines von ihr fand man nämlich einen Abschiedsbrief. Sie hieß Linda, Laura oder Lydia und war eine Prostituierte, unfähig, ihrem Sumpf auf andere Weise zu entkommen.
 Als sie auf meine Scheibe klatschte, war da nur noch Blut und irgendwas in Grün und Gelb, was so runterlief. Ihr Körper verteilte sich beim Aufprall in viele Richtungen und das Geräusch von brechenden Knochen und dem Schädel auf Glas zirkulierte Momente lang vor meinem Zug.
 Mein Bremsreflex löste aus, als sich die Leiche bereits über Schienen und Straßenrand verteilt hatte und etliche Passanten von den Schreien anderer herbeigelockt wurden und mich, meinen Zug, andere Passanten und Frauenleichenteile einfach nur anstarrten. Ich entstieg also meinem scheiß Zug und starrte erst mal mit.

Da lag ein hübsches Bein, ungefähr 7 Meter von hier weg, oben guckte der Oberschenkelknochen raus. Daneben stand ein altes Ehepaar und sie gafften dieses hübsche Bein an und schüttelten ihre Köpfe, während sie so starrten. Nicht weit davon der tote Oberkörper von der Hüfte bis zum Hals, blutverschmiert. Unweit davon hatte ein junger Mann Probleme damit, seinen riesigen, sabbernden Köter zurückzuhalten, der sich über dieses Stück Menschenleichenfleisch bereits gierig hermachen wollte.

Ihr Kopf bzw. gesichtsloser Schädel lag direkt vor meinem Zug auf den Gleisen und starrte mich an, allerdings ohne Augen. Die Nase da, wo ein Kinn sein sollte, und der ganze Schädel war oben offen. Aus dieser obigen Öffnung lief diese grün-gelbliche Masse auf die Gleise, zähflüssig und sickernd.

Der Mund war noch an seinem Platz, daraus quoll Blut, und lächelte mich an, als ob er sagte: Danke, mach dir keinen Stress, ist schon korrekt gelaufen so.

Ich lächelte zurück und dachte: Keine Ursache, Mädchen. Kein Ding. Jederzeit.

Das war also gestern, und jetzt ist deswegen Urlaub. Die Tote ist natürlich noch da, in meinen Gedanken.

So was vergisst man nicht einfach so.

Vielleicht auch nie.

Was ich jetzt habe, ist Einsamkeit und das Bewusstsein, am Sterben von jemandem beteiligt gewesen zu sein. Frage mich, ob dies Bestimmung ist oder Pech oder Glück oder was auch immer. Irgendetwas Göttliches schwebt im Raum und ich bin unfähig, es zu erfassen und einzugrenzen, doch ich spüre auf einmal die Gegenwart Gottes.

Dann fängt Gott an zu reden und sagt, ich solle raus in die Stadt, mich besaufen. Alles klar, Gott, keine Sache, hatte ich eh vor. Dann schweigt Gott, während ich mich anziehe und alles einstecke, was man brauchen könnte. Geld, Zigaretten, Kondome.

Als ich in den Spiegel blicke, gefalle ich mir ein wenig und winke mir selbst zu. Das soll laut so 'ner Psychosendung, die ich mal gesehen habe, fürs Ego sein.

Ich winke und grinse blöd.

Das ist irgendwie cool. Auf in die Stadt und in Erwartung, vielleicht noch mal mit Gott in Kontakt zu treten. Laufe erst mal los. Durch meine Straße, Richtung das, was alle City nennen. Dafür benutze ich u. a. die Straßenbahn, das Selbstmördervehikel. Diese hier fährt der Sven. Netter Kerl, hatte auch schon Zwischenfälle in der Art. Verheiratet, 2 Kinder.

Dann fällt mir ein, dass er eigentlich ein Arschloch ist. Egal. Er fährt dieses Teil und bringt mich in die Partyzone der Stadt. Vom S-Bahnhof sind es nur ca. 2 Kilometer Fußweg, bis man die erste passable Kneipe erreicht. Ich erreiche sie und sie ist voll und stickig.

Stehe plötzlich an der Bar und Gott bestellt durch meinen Mund vier Gin Tonic. Die Thekentussi schaut mich ein wenig unglaubwürdig, geringschätzig und herablassend an, und zur Erheiterung meines Geistes stelle ich mir vor, wie ich sie mit der Straßenbahn überfahre. Sie ist zu Fuß auf den Gleisen unterwegs und kann da irgendwie nicht runter und rennt sich vor meinem Zug die Lunge aus dem Arsch. Irgendwann kriege ich sie und höre nur noch ein sanftes Knistern und danach ein Schleifgeräusch. Zunächst Fleisch auf Stahl, dann Knochen auf Stahl und dann nix mehr.

Gott in mir (wie ist er überhaupt hier reingekommen???) scheinen diese Gedanken nicht zu gefallen, er segnet mich kurz darauf mit Herzstechen und Kopfschmerzen, die aber nach den ersten beiden Drinks im Sturzflug nicht mehr relevant sind.

Ich setze mich auf einen Platz in der Ecke und genieße die verbleibenden alkoholischen Getränke. Genieße, wie ich langsam breit werde und sich meine Gedanken überschlagen.
Plötzlich mischt sich Gott in mein Gehirnstimmengewirr ein und verlangt von mir, in diesem Laden eine Schlägerei anzuzetteln.
Da bin ich nun mal überhaupt kein Typ für, aber ich bin breit und dank Gott aggressiver Stimmung.
Er versteht es, mir revolutionäre Gedanken einzuhauchen.
Nun ja, meistens fängt so was doch an 'ner Bar an. Ich also hin, weitere Getränke bestellt.
Zwei Cocktails mit blöden Schirmen und Glitzergammel – einer rot, der andere blau. Und drei Basisbiere und das alles für meinen Körper. Die Tussi hinter der Theke überlegt kurz und denkt wohl, sie kann mit mir einen guten Deal machen. Besoffenes Publikum ist immer das dankbarste.
Sie stellt mir die Gläser hin und lächelt süffisant. Will natürlich sofort die Kohle sehen. Statt dieser bekommt sie erst mal 'ne Cocktaildusche. Ich schütte ihr den blauen Cocktail aufs T-Shirt. Die Tussi brüllt sofort los.
Zwei Kerle stehen unmittelbar auf. Der eine ist wohl mit der Thekenschlampe liiert. Der andere sieht aus, als könne er nicht sprechen, weil er keinen Mund hat. Vielleicht sieht das auch nur so aus, weil ich total breit bin.

Auf jeden Fall nennt mich der, der sprechen kann, ein besoffenes Stück Scheiße. Ich muss lachen, weiß selbst nicht, warum. Der Typ ohne Mund steht plötzlich hinter mir und hält meine Arme fest. Ich lache weiter, weil diese beiden Typen, diese ganze Szenerie extrem vom Klischee beseelt sind.

Das reinste Filmspektakel.

Die Schläge, die ich vom Partner der Thekenfrau in der Magengegend spüre, sind dann nicht mehr wie im Film, sondern machen sehr reale Schmerzen. Trotzdem lache ich weiter, was den Typen, der da auf mich einprügelt, ziemlich wild zu machen scheint. Ich fühle, wie mein Gesicht an der Wange aufplatzt und warmes Blut in meinen Mund läuft. Um den mundlosen Mann hinter mir, den starken Mann vor mir und mich in der Mitte hat sich ein Kreis von Menschen gebildet, wie gestern um die verstreuten Leichenteile.

Ich werde verprügelt und lache zwischen den Schlägen, die mich treffen. Dann sagt Gott, ich soll ohnmächtig werden, und ich sage: »Gut.«, und verliere das Bewusstsein.

Lachend.

Ich werde schmerzfrei wach und liege in einem fremden Raum. Das erkenne ich sofort, denn bei mir zu Hause gibt es einen typischen Ich-Geruch, den niemand kopieren kann. Geht einfach nicht.

Zunächst glaube ich, ich bin tot, erinnere mich an Gott und seine schöne Stimme. Bestimmt bin ich im Himmel. Ganz bestimmt, denn neben mir liegt ein Engel.

Eine nackte blonde Frau. Ohne Flügel. Keine Ahnung, wie ich hierhin gekommen bin. Aber es sieht hier gut aus und es riecht erregend.

Als ich mir die Frau noch mal genauer ansehe, speziell ihren Mund und ihr Bein, bemerke ich, dass sie der Leiche, die ich vorgestern mittels Zug in ihre Einzelteile zerlegte, total ähnlich sieht. Sie macht die Augen auf, sieht, dass ich wach bin, und küsst mich auf meine Unterlippe.

Ich frage mich nicht, warum, weil ich das gut finde ...

Später frühstücken wir und ich nenne sie Marion, weil sie so heißt. Aber ich weiß nicht, warum ich das weiß.

Sie erzählt noch ein bisschen, wie sie mich auf der Straße fand und einfach mit nach Hause nahm.

Plötzlich führe ich eine Beziehung. Ein mystischer Augenblick, der sich in mein Bewusstsein schleicht.

Mich durchdringt.

Wahrscheinlich war ich zur korrekten Zeit am richtigen Ort ...

Genauso wie Marion.

Und wie Linda, Lydia oder Laura oder wie die hieß.

Alles stimmt. »Lass uns ficken, Baby!!!«

Sophie goes to Notaufnahme

Tunnelblick.
Das Glück der anderen, einer Freundin.
Vorhin. Am Telefon. Aufgesogen.
Kurzzeitig mitgefreut mit Marion.
Jetzt Tunnelblick.

Bevor sich noch keine Menschen über mich beugten, kümmerte ich mich um mein Befinden. Wollte es verbessern mit mir zur Verfügung stehenden Mitteln.
Koks, Ecstasy, Techno. In dieser Reihenfolge.
Zwischendurch laufend Alkohol. Allein in zwei Zimmern. Durch die Nase. Durch den Mund.
Dann diese Technoidee.
Raus aus den zwei Zimmern, rein in ein großes. Viele Menschen, viele Lichter, viel Musik, ganz laut. Nicht unterhalten, nur tanzen.
Den Körper schön tanzen. Bewegen, schwitzen. Laufend Alkohol. Allein schön trinken. Und die Welt um mich versinkt.
Langsam oder im Takt der Beats. Die Bar erkennt mich immer wieder. Findet mich. Hilft mir ins Delirium.
Danke, Bar, ich bin dankbar, Bar. Und Barmann, auch gut.
Sexy.

Später dann Toilette. Das »Pearls Girls Elite Pissoir«. Haarsprayjunkies ohne sonstige Kultur.
 Reden mit Spiegeln, in denen ihre verzerrten Gesichter sterben.

I was really undertained until I wrote I LOVE YOU with cocaine on the edge of the toilet.

Kurze Pause nach nasalem Genuss.
 Ein wenig genesen. Sehr gut.
 Die Beats verfolgen mich bis hierher. Will mich ihnen erneut hingeben.
 Bewegung. Mädchen tanzt. Sophie goes to Notaufnahme. Tanzend. Das große Zimmer wird in Reihenfolge der Beats größer und kleiner. Die Lichter haben Gesichter und Stimmen. Erzählen sich Geschichten. Schweigt, ich will tanzen. Also tanze ich. Das Zimmer überschlägt sich und in meinem Kopf bricht Feuer aus.

Schwarz.

Wir haben sie wieder, sagt ein Typ in Weiß. Ein anderer Typ in Weiß lächelt, als ich die Augen aufreiße. Ich sehe seine schiefen Zähne. Jetzt grinsen beide.

Ich will atmen und da ist was auf meinem Mund mit Schlauch dran. Kann mich nicht bewegen.
 Ihr Schweine.
 Ihr weißen Schweine ...

Notaufnahme, nimm mich in die Arme ...
 Lasst mich bitte nie mehr gehen.

Terrorkuss

»... revolution for ever
succession of the seasons
within the blood of nature
all raised to rot and die
this purity, purity
is a lie ...«
New Model Army – Purity

Das Ausmaß der Liebe ist grenzenlos. Die Unvergleichbarkeit dieser Küsse entfaltet deren Ausmaß. So denke ich über seine Revolution.

Unvollendet, aber begonnen.

Giftgasalarm!!!

Darauf habe ich gewartet. Die Chemiefabrik brennt, endlich. Energie intelligent nutzen und Intelligenz energisch nutzen.

Terrorismus.

Für Unverantwortung verantwortlich gemacht.

Ich weiß, wer es getan hat, fahre aber aus anderen Beweggründen zu dieser Fabrik. Dies ist der nächste Bürgerkrieg in diesem Land. Bürger begünstigen das Flammenspiel. Entmachten die Macht durch Zerstörung der Machtkennzeichen. So war es geplant und end-

lich tut sich was. Und noch stehe ich auf der falschen Seite.
Noch.

Denn beruflich torpediere ich einen Rettungswagen durch die Schneisen und Klufte einer Großstadt.
Erhalte Menschenleben.

So wie letzten Sonntag, als sie vor mir lag.
Opferprinzessin.
Geopfert dem System. Hat sich selbst geopfert. Ein wunderschönes Mädchen. Ein Mädchen zur Bereicherung einer wertlosen Statistik. Sie war zu jung, zu allein und zu zugedrogt.
Diese junge, einsame Zugedrogte lag in ihrer Kotze auf dem düsteren Parkplatz dieses kaputten Technobunkers. Als wir ankamen, war sie eigentlich schon gegangen.
Wir holten sie zurück. Und kurz darauf hoffte ich, dass sie uns das vergeben kann. Wir ließen ihren Puls künstlich wieder aufflackern. Herz auf Starkstrom.
Lieber hätte ich sie sterben lassen, denn ihr Blick war leer und doch voller Todessehnsucht. Doch es ist unser Job, so zu sein wie Engel. Fürsprecher des Lebens, selbst des unlebbaren Lebens. Auch bei noch so gravierender Sinn-, Hilf- und Gedankenlosigkeit.
Wir geben immer alles, beim Fahren und beim Reanimieren. Wir sind Profis. Lebenserhalter. Wir fragen nicht, wir handeln. Meistens denken wir gar nicht nach, sondern handeln laut Ablaufplan. Wie so oft. Etwas steht geschrieben: bestimmte, erprobte und garantierte Verhaltensregeln, ansonsten ist alles nichts. Für mich sind dies Standardernstfälle, aber ich glaube, heute gibt's was zu feiern ...

Nach kurzer persönlicher und etwas länger anhaltender beruflicher Raserei dann endlich ...

... vor Ort. Atemschutzgeräte angelegt. Rein ins Feuerunwesen. Der Himmel über uns glänzt neongrün, als wir eintreffen: apokalyptische Atmosphäre. Überall giftige Glut. Wütende Macht. Viel bunter Rauch. In allen Gebäuden auf diesem Gelände vernichten Flammen in verschiedenen Farben Häuser und Häuserteile.
 Flammentanz gegen Bausubstanz.
 Was stand, fällt. Aus allen von hier aus sichtbaren Fenstern schreit Feuer nach draußen. Ich begrüße die Flammen, denn ich kenne ihren Sponsor.

Die ersten Arbeiter und Funktionäre mit verbrannter Haut werden uns von den bereits vor Ort agierenden Feuerwehrmenschen und Rettungsassistenten vor die Füße gelegt. Sie atmen ihre vergiftete Luft.
 Die Luft, die sie in Auftrag gegeben und entwickelt haben.

Ich behandele Arbeiter. Mit Vorliebe.
 In sie kann ich mich besser hineinversetzen. In ihren Schmerz, den heutigen und den sonstigen. Ich lindere ihre Schmerzen mit großen Dosen Morphium. Bin dankbar für die Ruhe, die sich nach solchen Injektionen auf ihre Gesichter legt.

Bei diesen Funktionären verfahre ich ein wenig anders. Sie liegen verbrannt und vergiftet vor mir, ihre Haut hängt in Fetzen von ihren fetten Leibern herunter und sie winseln um Schmerzlinderung. Ich verstärke ihren

Schmerz, wenn sie außer Lebensgefahr sind, soweit es mir meine medizinischen Fähigkeiten und Möglichkeiten erlauben.

Es gibt spezifische Medikamente, die wir an Bord unseres Rettungswagens führen, die hervorragend dazu geeignet sind, dass jemandem seine körperlichen Schmerzen noch deutlicher werden, als sie es ohnehin schon sind. Schmerzverstärkermedikamente sind schon eine gute Sache.

Fühlt das Elend, das ihr selbst in die Wege geleitet habt! Ich präsentiere euch voller Stolz: Schmerz!!!

In einer noch nie dagewesenen brutalen Form und in zahllosen Farben. Seht eure Arbeiter und sonstige Opfer, die ihr macht. Erkennt die Natur, die ihr vertrieben und vergiftet habt. Sie schlägt durch einen Gesandten zurück.

Fühlt und schaut und erkennt in den Augen der Opfer den Schmerz, der euch gebührt.

Ich verbinde Arbeiterwunden. Ich rotiere, helfe. Die Luft macht mich high. Immer noch grüne Wolken.
Ein kaputter Horizont.
Er hat es tatsächlich geschafft.

Vor zwei Wochen bekannte sich der Attentäter zu dieser Tat. Ein zufälliges Bekennergespräch mit einem guten Freund. In seiner Wohnung. Bei gepflegten Rauschmitteln wie Bier und THC. Er ist ein Terrorist, ich bin nichts.

Von seiner Wand starrt Che Guevara ins Leere.
Gegen Imperialismus. Starrt er.
Wie überall, denke ich, cool, sage ich. Aber er ist nicht wie alle. Er ist mein Freund und ich achte seine Werte, die

ich teilweise auch selbst vertrete. Nur ist er der Terrorist und ich bin der Pisser mit Sozialberuf.

Revolutionsunfähig.

Später ist es echt cool, denn in diesem Ambiente breit zu werden ist ein durchaus vertretbares Phänomen. Ich war hier schon öfter breit. Immer wieder war es ein wahrhafter Genuss.

Während ich mich langsam an ihm und an umherstehenden Getränken berausche, revolutioniert mein Freund alles, was systematisiert ist.

Wir sind die High Society.

Ich trinke mit ihm und Bier rinnt unsere diskussionsfreudigen Kehlen hinunter. Betäubt unseren Intellekt, ohne ihn wirklich einzuschränken.

Wir zerreden die Demokratie und lachen sie aus.

Dann fängt er von dieser Chemiefabrik an. Und von seinem Plan, diese zu zerbomben. Sie sei ein Signum für die Unvernunft des Menschen und für seinen Mordwillen gegen die Natur. Industriepalast sprengen.

Weg damit. Weg.

Da ist der Hass in seinen Augen, dieser Hass macht ihn zu einem liebenswürdigen Menschen.

Absolut.

Jede meiner Emotionen und jeder meiner Gedanken ist in diesen Sekunden bei ihm.

Er hatte bereits Einzeltätereinzelheiten für diese Tat auf seinem Tisch liegen. Hatte einen Rohbauplan der Chemiefabrik. Oben stand in fetten Buchstaben in seiner Handschrift:

Luftschacht = Bombenschacht.

Das fand ich amüsant. Er nicht. Damals konnte er auch bereits die ersten selbstgebastelten Bomben präsentieren und ich bemerkte, dass ihn niemand mehr aufhalten kann. Geplant sei, getarnt als Handwerker Bomben zu deponieren. Der Termin ist gemacht und in der betreffenden Firma ist er bereits beschäftigt. Auch wenn er eventuell nicht rauskommt, sei diese Aktion im Moment das Wichtigste für ihn und seine politisch-emotionale Seele. Sich notfalls für die Sache opfern, das war schon immer seine Angelegenheit.

Zerstörung des Materials stand für ihn bei seiner Aktion im Vordergrund. Ich freute mich für ihn. Genoss seine Nähe weiterhin. Die Revolution in seinem Kopf war so schön warm und menschlich. Und ich trank und er trank und wir ertranken in unseren Gedanken.

Aus seiner Musikanlage schrie alter Punkrock unvergessene Parolen. Wir schreien auch. Ich bin frustriert, er kampfbereit.

Aber ich unterstütze ihn mit meiner Frustration. Für diesen einen guten Freund. Wir liegen übereinander. Kugeln uns über den Boden. Kotzen auf seinen Teppich. Saufen weiter.

Zelebrieren unsere Freundschaft.

Die Parolen aus der Vergangenheit haben wir zusammen entdeckt. Damals, in unserer gemeinsamen Jugend. Er lebt sie, ich schaue ihm zu. Manchmal wäre ich gern wie er. Aber ich bin ein Arschloch und rette Leben.

Es brennt immer noch. Sie ziehen fast nur noch Leichen ins Freie. Menschen mit in die Haut eingebrannten Anzügen und ohne Augen. Trotzdem schreien sie.

Klar schreien sie.

Ihnen zerlegt ihr Gift ihre Atemwege und ihre Lungen implodieren. Viele spucken Blut. Das ist der neue Bürgerkrieg. Die Rache der eigentlich Verlorenen.

Das macht Hoffnung.

Wir arbeiten nicht mehr, wir reagieren nur noch. Mullbinden sind alle. Morphium auch. Scheiße.

Die, die noch leben, begreifen schmerzvoll das Sterben.

Zwei Feuerwehrleute legen mir einen Verbrannten auf einer Bahre vor die Füße. Er müsste eigentlich Schmerzen haben, seine Bauchdecke ist aufgerissen. Seine Därme bewegen sich bei jedem flachen Atemzug. Im selben Rhythmus tritt Blut aus dieser Wunde aus.

Aber er lächelt.

Selbstzufrieden.

Ich erkenne, dass er es ist.

Er ist nicht rausgekommen. Er erkennt mich nicht.

Als ich bemerke, dass er es ist, beginne ich zu kämpfen, mit allen Mitteln, die ich noch zur Verfügung habe. Ich kämpfe um ihn, um seine Vitalzeichen. Beatme ihn. Lasse sein Herz zucken. Er soll zurückkommen.

Bitte komm zurück, du Arsch, die Welt braucht dich. Komm wieder. Geh nicht. Ich verzweifele über meine Handlungen, ihn in die Welt der Sterblichen zurückzuholen. Mache erneute Versuche. Sinnlos. Er ist gegangen.

Die Zeit steht stiller als still. Unglaublich.

Ich begleite seine letzten Atemzüge unter unterdrückten Tränen. Erst als er nicht mehr atmet, breche ich vollends in Tränen aus. Alles würgt sich durch alle Öffnungen meines Körpers. Tränen machen mich blind und mein eigenes Leidgeschrei taub.

Die Unmöglichkeit dieses Vorkommnisses und die reale Präsentation vor meinen Füßen erlauben mir keinen Atemzug. Ganz trocken die Trauer und ganz wild und bunt die Gedanken. Ich schreie.

Ich kotze. Erinnerungen. Tränen. Ich kotze Erinnerungen und Tränen. Einen großen Haufen bunter Gedanken.

Das Werk ist vollbracht, der Märtyrer verbrannt. Ein Abschiedskuss dem Verbrannten.

Bruderkuss.

Mit aller Liebe. Ich umarme seinen blutüberströmten Körper. Sein Aktionismus war ein voller Erfolg.

Er verschwindet und meine Gedanken lösen sich auf.

Gesten & Geräusche sensibilisieren

(... ein Musikfilm, kein Videoclip ...)

Seitdem ich keine Arbeit mehr habe, treffen wir uns wieder häufiger zum Musizieren. Arbeitslosigkeit macht ganz schön kreativ und unser Sound kristallisiert sich langsam heraus. Anfänglich spacige und stark drogenbeeinflusste Sessions haben sich zu Songs entwickelt, die mir und meiner Frauenband aus unseren Herzen und Seelen schreien.

Es ist keine typische Rockmusik, sondern eine Mischung aus vielen Elementen unzähliger Stilrichtungen. Mit viel Energie und Groove, rund und melodiös. Auf der anderen Seite aber ein disharmonisches Soundgebilde voller Kaputtheit und unausgelebter Sehnsucht und niemals enden wollender Leidenschaft.

Franziska am Bass, Eva am Keyboard, Luisa singt und spielt Gitarre und ich sitze am Schlagzeug und aromatisiere unsere geile Musik mit Rhythmusarbeit. Diese geniale Zusammenkunft trägt den Namen *Gestures & Sounds*.

Die Arbeitslosigkeit kam irgendwie ganz schön plötzlich. Irgendein durchgeknallter Weltverbesserungsterroristenfreak hat den Laden, in dem ich als Chemielaborantin arbeitete, in die Luft gejagt. Mit allerhand Sprengstoff in Einzeltäterschaft.

Meinen Respekt hat der Mann, der dabei ums Leben kam und so in der lokalen linksextremen Szene zum Helden avancierte. War 'ne krasse Aktion und deutschlandweit über 2 Wochen in den Medien.

Ich habe diesen Job gehasst, denn er war dabei, mich langsam zu vergiften. Die Substanzen, mit denen ich hantierte bzw. die ich zu produzieren hatte, waren hochgradig giftig und total gefährlich für die menschliche Lunge. Das wurde aber geheim gehalten von unserer eigenen Entwicklungsabteilung. Die dortigen Mitarbeiter wurden sehr druckvoll vom Management instruiert, doch über die Gefährlichkeit der von unserer Abteilung verarbeiteten Stoffe keine Worte zu verlieren.

Ich erfuhr das so nebenbei vom Robert, einem Arbeitskollegen aus der Entwicklung. Mit dem hab ich mich super verstanden. Außerdem ein hübscher Typ mit geilem Körper. Wir haben auch mal gebumst nach 'ner Betriebsfeier. Seit diesem Tag sogar öfter.

Der Typ wollte 'ne Beziehung mit mir, aber da bin ich kein Typ für. Muss gestehen, dass ich gedanklich an jemanden gebunden bin, der mich vor langer Zeit unerwarteterweise in absolut kalter und obszöner Weise verlassen hat. Ich war ein naives Mädchen und brutal naiv verliebt. Er ging und hinterließ eine Frau mit der Erfahrung, dass Vergänglichkeit Männersache ist. Aber er ging und nahm wichtige Teile von mir mit, die ich zum Führen einer ordentlichen Beziehung mit total viel Emotionsinvestition eigentlich benötigte.

Robert ist bei dem »Unglück« draufgegangen, verbrannt, was ich eigentlich sehr bedaure, denn zum Ficken war er gerade gut genug.

Er hatte diesen absolut erregenden Hüftschwung drauf, wenn er so in mir drin war. Und wenn er diese Hüftsache machte, war ich innerhalb von wenigen Sekunden voll weg von diesem Planeten. Far out of space.

Aber ihn kann ich zumindest vergessen. Ziemlich schnell. Seine Beerdigung war langweilig, die vom Chef war viel spannender. Gab auch mehr zu saufen und zu reden. Der Laden ist weg. Und auch diese Tatsache kann ich bequem und ohne viel sonstigen gedanklichen Aufwand hinnehmen.

Wir treffen uns bei Franziska – im Keller ist unser Proberaum. Der Keller ist kalt, denn es ist Herbst und er ist heizungslos. So langsam trudeln alle ein.

Freitagnachmittag in diesem kalten Keller. Wir spielen uns langsam warm. Ein paar Beats, eine paar Gitarrenakkorde, ein paar pumpende Bassriffs, ein paar elektronische Soundeffekte ballern chaotisch durch den Proberaum, prallen an Wänden ab und beglücken die Erzeuger und Akteure.

Dieses Geplänkel brauchen wir Mädels, um die Köpfe frei zu machen. Dieses Geplänkel geht dann auch nahtlos in den ersten Song über, den wir gemeinsam arrangiert haben. Titel: *Raped Teen Girls fuck back*. Wir legen Wert darauf, nicht so zu sein wie die meisten Musiker, das manifestiert sich meiner Meinung nach ja schon in den Songtiteln und im Bandnamen.

Und natürlich in den Persönlichkeiten der beteiligten Musikerinnen.

Franziska ist überzeugte Singlefrau. Ist lesbisch. Spielt seit sechs Jahren Bass und das heftigst gut. Sie war zuvor in einer Emanzenaktivistinnenkapelle tätig, mit Namen *Dying Penis*.

Produzierte in diesem Zusammenhang gradlinigen und sehr aggressiven Punkrock. Diese Band scheiterte an einer bandinternen Liebesbeziehung. Franzi redet darüber ungern, denn sie war der Auslöser für dieses bandinterne Dilemma.

Eva hat gerade eine Trennung von einem ziemlich schwer einzuschätzenden Typen hinter sich, war aber schon vorher magersüchtig. Was sie isst, kotzt sie eigentlich auch wieder aus. Sie ist hochgradig depressiv und genauso hochgradig intelligent.

Ihr Keyboard ist 'ne wahnsinnige Bereicherung zur Erreichung emotionaler Tiefe in unserer Combo.

Gitarristin und Sängerin Luisa ist meine beste Freundin. Ein absoluter Emotionsmensch. Schreibt auch die Texte. Eine introvertierte, intelligente Frau mit kindlichem Antlitz. Ich kenne sie seit mindestens 10 Jahren. Ihr Elternhaus, ihr gesamtes Umfeld. Sie arbeitet als Altenpflegerin. Sieht jeden Tag Kot und Sterben. Ihre musikalischen Fähigkeiten bewundere ich.

Kombiniert Schrei-, Flüster- und Melodiegesang zu verzerrter und akustischer Gitarre.

Unser zweiter Song hat sich ebenfalls schon verselbstständigt. *Female Serial Killer Noise System*. Ein sehr derber Song. Angelehnt an den Titel auch die Musik: heftig derb, ablehnend, schnell, trotzdem melodiös und irgendwie sehr weiblich.

Ja, ein weibliches Lied. Und laut.

Sehr laut.

Auch die weiteren zwölf Songs, die wir bereits fertiggestellt haben, folgen einfach so – ohne Absprache – aufeinander.

Und plötzlich ist es Nacht und wir sitzen noch im Keller und trinken was. Planen weitere Aktivitäten.

Ein erster Liveauftritt im Jugendzentrum ist das Thema. Einzig und allein völlig gegen diese kulturbereichernde Maßnahme ist Luisa. Scheiß potentielles Publikum, meint Luisa. Hat wahrscheinlich recht.

Aber die Gute wird demokratisch überstimmt und somit steht die Entscheidung, da mal mit unserem Bandkonzept aufzutreten. Wir sind alle mal geil drauf, unseren Sound auf die Öffentlichkeit loszulassen, und sei das Forum noch so klein.

War auch kein großartig bürokratischer Akt. Ich nahm das in die Hand. Es bedurfte zweier Besuche und dreier Telefonate und der Gig stand.

Sogar mit Gage und den ganzen Abend frei saufen.

Perfekter konnte doch Vororganisation gar nicht laufen, dachte ich.

Der Veranstalter, also dieser simple Jugendclub, bewarb dieses angehende Spektakel genauso heftig wie wir als Band selbst. Gedruckte Flugblätter mit unserem Bandnamen. Schwarzweiß. Ein Foto der nackten Franzi drauf, wie sie so ganz obszön dasteht, als wolle sie sagen: Männliche Besucher dürfen nach dem Gig die Band ficken. Für umsonst!

Sie will so was aber nicht sagen. Würde sie nie. Eher würde sie sterben. Aber ich interpretiere dieses Foto auf diese Weise. Auf jeden Fall war es eine Provokation in unserem Sinne.

Lokale Presse interessierte auf einmal, was die jungen Frauen auf dem Land so für Kultur schaffen.

Der gaben wir ein böses, sexistisches, gewaltverherrlichendes Interview. Das ließ den Mann von der Zeitung völlig sprachlos und uns lachend zurück. Das Interview wurde abgedruckt, jedoch in krass zensierter Form, so, dass wir unsere Aussagen nicht wiedererkannten.

Aber das war uns egal, wir waren mittlerweile alle geil darauf, unsere Mucke live auf die Bühne zu bringen – sei das Publikum noch so unreif und zahlenmäßig sogar der Band unterlegen.

Damit rechneten wir natürlich, was uns aber zusammenschweißte und irgendwie mit Stärke und dem Gefühl, erhaben zu sein, beglückte.

Am Auftrittstag trafen wir uns vier Stunden vor Auftrittsbeginn zum Aufbauen und Soundcheck. Eva war die Letzte, die auftauchte. Sie sah scheiße aus, hatte wohl grade wieder 'ne Kotzorgie hinter sich. Sagte nix, schaute nur. Später erzählte sie, ihr Ex hätte sie angerufen und sie ernsthaft bedroht.

Bei ausbleibender Rückkehr zu ihm wolle er ein paar fiese Schläger auf den Weg zu Evchen schicken. Emotional würde sie das sehr beanspruchen. Angst, sagt sie, hat sie vor ihrem Leben. Und auch um ihr Leben. Die Arme.

Das Mixing übernahmen wir selbst, hatte auch keiner von den extrem sozialen Sozialpädagogen (»Ey du, klasse ey, 'ne Mädchenband«), die uns das riesige Mischpult hingestellt hatten, Ahnung von.

Als der Sound so weit stand, verpissten wir uns zum Saufen hinter die alte Halle. Franzi hatte so 'n paar krasse

Drinks dabei. So welche, die im Bauch wehtun und die Gedanken vom eigentlichen Leben ablenken. Wir tranken uns die Nervosität aus den Leibern.

Wirkt. Schmeckt nicht. Egal. Evchen und Luisa hatten die ganze Zeit was zu regeln, wo wir zwei anderen nicht so hinterkamen. Egal. Wir sind alle vier mächtig gut befreundet und mir persönlich ist egal, wenn sich mal zwei abkapseln. Evchen hatte Probleme, das konnte man ihrer Art zu sprechen anhören und ihren Gesten ansehen. Gesten und Geräusche, wenn ich mich nicht täusche.

22.34 Uhr. Showtime, Ladies.

Dann standen wir auf der Bühne, vor mehr erwartungsvollen Augen, als uns lieb war. Der Laden war megavoll.

Ein überwiegend männliches, erschreckend aufmerksames Publikum. Irgendwie waren wir alle ziemlich angetrunken, als Luisa die ersten Takte von *My Love is a Nazi-War* völlig versaute. Sie spielte die falschen Akkorde und sang total unverständlich. Auch Franzis Bassgezeter passte in keinster Weise mit dem von mir angestimmten Takt zusammen.

»Kacke!«, dachte ich – leider laut ins Mikrofon, das neben dem Schlagzeug stand und natürlich aktiviert war. Direkt vor der Bühne bekamen zwei so Kulturfetischisten 'nen völligen Lachflash wegen dem kaputten Auftakt und ich 'nen Riesenhass auf die beiden. Plötzlich lachte 'ne ganze Hand voll Leute, angesteckt von denen, die vorher lachten und die ansteckten, die noch nicht lachten.

Mir war diese Situation megapeinlich, versteckte mich hinter den Becken des Drumkits. Bierbecher flogen auf die Bühne, Pfiffe und Beschimpfungen hinterher. Wir hätten auf Luisa hören sollen, diese Meute ist keine kulturellen Höchstleistungen gewohnt. Dies Publikum ist megascheiße. Dann ...

... hörte ich einen Schuss. Wurde von der Bühne abgefeuert. Aus der Knarre von Eva. In die niedrige Decke des Jugendclubs, wo ich Bausubstanz sich lösen sah.

Es kehrte augenblicklich Stille ein.

Lachen verstummte. Wurde abgelöst von ängstlichem Fußscharren einiger Gäste über den Kunststoffboden des Clubs. Ich hatte gar nicht mitbekommen, wie sich Luisa von der Bühne entfernt hatte und Richtung Eingangstür geschlichen war. Hatte diese abgeschlossen und den Schlüssel eingesteckt.

Irgendwo untergebracht in ihrer engen Hose. Schlich nun wieder auf die Bühne und griff sich in diese Hose. Holte was raus, ebenfalls 'ne Schusswaffe, ziemlich großes Kaliber.

Einige Leute fingen an zu quieken beim Anblick der beiden bewaffneten Mädels auf der Bühne. Die Angst in diesem Raum war deutlich zu spüren.

Luisa steuerte ihre eleganten Bewegungen Richtung Frontmikro: »Cool, dass ihr so zahlreich erschienen seid. Dies ist das allererste Konzert von *Gestures and Sounds*. Ein experimentelles Konzert einer experimentellen Rockband. Dies ist eine kulturelle Geiselnahme. Diesen Saal wird niemand der hier anwesenden Schönlinge verlassen, bevor nicht das Konzert dieser Band eure scheiß Köpfe erobert und besiegt hat.«

»Scheiß Köpfe«, hauchte sie erotisch wie nie zuvor gehört. Sie blickt um sich. Eva zielt mit ihrer Knarre wahllos in die Menge.

Das Publikum ist in Panik. Die meisten irgendwie in geduckter Haltung. Viele drängen Richtung Tür. Die ist aber zu und bleibt es vorerst auch.

Franzi sitzt mit ihrer Bassgitarre behangen auf dem Bühnenboden und hat sich 'ne Zigarette angesteckt. Ich bücke mich immer noch hinter meinen Becken und Hängetrommeln, von wo aus ich irgendwie das Gefühl habe, bei ner Fernsehliveübertragung zuzusehen. Ist nur alles sehr real.

Zu real.

Besonders die Angst der Leute.

Und der Wahnsinn von Eva und Luisa. Luisa richtet die Knarre auf mich und haucht: »Intro.«

Meine Drumsticks sind schon dunkelbraun angelaufen vom Schweiß meiner Hände. Ich versuche, Luisa mit meinem Blick zu besänftigen. Scheint aber irgendwie nicht hinzuhau'n, denn sie schaut schnell wieder weg. Versuche, Diplomatie in meinen Blick zu legen, aber die anderen drei, die dieser Blick streift, bleiben davon unbeeindruckt. Franzi spielt das Bassriff von *My Love is a Nazi-War*, jetzt ein wenig sauberer.

Luisa lässt ihre Gitarre liegen und beginnt nur zu singen. Sie schaut sich zu mir um und das sehe ich als sehr ernst gemeinte Aufforderung, mit dem Schlagzeugspiel zu beginnen. Ich steige mit dem nächsten Takt ein und spiele wie von Sinnen bzw. so, wie es der Song und dessen Komponistin verlangen.

Luisas Stimme klingt diabolisch.

Sie wirkt wie eine Außerirdische, wie sie da so an ihrem Mikrofonstativ hängt und irgendwo singt wie Madonna, nur viel psychotischer.

Ab und an lässt die Eva noch ein paar Samples oder Soundeffekte vom Keyboard laufen, während sie das Interesse der vor der Bühne befindlichen Masse Mensch mit ihrer Waffe an sich bindet.

Niemand sagt ein Wort zu dieser doch recht alternativen Version unseres Eröffnungsliedes. Das Lied dauert ca. 2 Minuten. Als es zu Ende ist, schweigen die Leute. Das macht Luisa und Eva wütend.

»Nicht gut genug?«, fragt Eva, lädt ihre Schusswaffe durch und richtet sie unkontrolliert und zitternd auf die Leute vor der Bühne. Schreie dröhnen durch den kleinen Saal. Eva drückt ab und trifft einen Typen in 'ner Jeansjacke ins Knie. Der bricht jaulend zusammen und durch die Leute, die danebenstehen, geht ein ängstliches Gemurmel und Geheule. Der Typ am Boden hält sich jammernd sein kaputtes, blutendes Knie. Niemand hilft ihm.

»Applaus, ihr Wichser, ist wichtig für Künstler, quasi unser Brot. Ohne Brot verhungern wir tragisch«, sind Luisas wiederum sehr erotisch gehauchten Worte. Dann ertönt ein wenig Beifall, der sich schnell verstärkt und richtig laut wird. Luisa lächelt Eva an, die beiden lächeln Franziska an und plötzlich lächeln alle drei mich an.

Ich schwitze wie Sau, hab aber irgendwie die unbändige Lust zu rocken. Schlage meine Sticks übereinander, zähle 1–2–3–4 und schon befinden wir uns im nächsten Song: *Fuck Luck*.

Wieder dieselbe Szenerie, wie in Song Nummer 1. Bassfrau bester Laune am Rumrocken, Keyboarderin in obszöner Haltung hinter ihrem Instrument, eine Waffe auf ihr Publikum richtend, Sängerin verschmelzend mit dem Mikrofonstativ, ebenfalls in einer Hand eine entsicherte Schusswaffe, die sie bei einigen Textpassagen auf das Publikum, bei anderen auf sich selbst richtet.

Die Leute haben schnell gelernt und klatschen gezwungenermaßen heftigst Beifall, nachdem der Song endet.

Luisa grinst breit, geht zu Eva und küsst sie auf die Wange. Die nächsten Songs werden auch allesamt sehr frenetisch vom Publikum gefeiert, obwohl kein Arsch hier Musik und Text jemals zuvor zu Ohren bekommen hat. Nach 'ner Dreiviertelstunde haben wir unser Programm durch.

Luisa sieht glücklich aus.

»I have no more respect«, schreit meine beste Freundin und schießt sich ihr Gehirn aus dem Schädel, der sich ziemlich schnell und laut hinten öffnet. Dabei steht sie gerade anderthalb Meter von mir weg und ihre ganzen seltsamen Gedankenfetzen landeten auf mir und dem Schlagzeug.

Jetzt brach vollends Panik und Chaos aus. So 'n paar Typen nutzten die allgemeine Unruhe und stürmten die Bühne, überwältigten Eva und nahmen ihr die Knarre weg. Schlugen sie nieder und ein fetter Typ begrub Evchens mageren Körper unter sich, um sie bewegungsunfähig zu machen.

Franzi bekam auch ziemlich krass eine reingeballert von so 'nem Bodybuilder-Freak, der auf die Bühne kam. Ich war völlig verwirrt, spürte ebenfalls Schläge an meinem Körper und wurde, glaub ich, vor lauter Stress ohnmächtig.

Wurde in 'nem Bullenwagen wach. Franzi und Evchen waren auch da drin. Alle hatten wir die Hände auf dem Rücken gefesselt. Keine Ahnung, wohin wir fahren, aber der Typ, der uns bewacht, sieht aus, als würde er es auch nicht wissen.

Junger Polizist.

Evchen kam in die Psychiatrie, Franzi und ich kamen frei, konnten sehr gut erklären, nix damit zu tun zu haben.

Hatten ja auch beide keine Waffen, was die umstehenden Zeugen auch bestätigten.

Habe bis heute noch keinen Plan, warum diese Sache so gelaufen ist, aber *Gestures and Sounds* war sehr medienpräsent, zumindest für ca. 2 Wochen.

Sehr interessant war für die Zeitungsleser natürlich der Prozess gegen Eva.

Als Evchen rauskam, ist sie weggezogen nach Süddeutschland. Die habe ich danach nie mehr gesehen.

Scheiß Bayern ist weit weg, und sie bemühte sich auch nicht mehr um Kontakt. Vielleicht haben wir noch ca. viermal telefoniert, aber das war's auch. Franziska und ich wollten eigentlich weiter Musik machen, kamen aber nie dazu, bis auch Franziska das Dorf verließ. Wegen einer Frau. Sie ging nach England, die Gute. Zwecks Studium und Liebe.

Auf Wiedersehen, liebe Freundinnen.

Auf Wiedersehen.

Ich fand aber später wieder Arbeit, wieder in der Chemiebranche. Exzellent. Überall Gift.

Vielleicht explodiert hier bald wieder was ...

Kurz vorm Krieg

Kurz vorm Krieg traf ich ihn, jemanden wie Jesus, Mensch geworden als obdachloser Künstler.

Es waren die Abendstunden eines Tages mit Sehnsucht Eva. Metropole München.
Das beschissen kalte Gelände des Ostbahnhofs.

Eva lebt in dieser Stadt.
Ich dachte, mich in sie verlieben zu können. Kannte sie bislang nur postalisch. Ein Kontaktanzeigenmädchen. Es hat nicht geklappt in dieser beschissenen Stadt. Hier kann ich mich nicht verlieben.
Nicht in dieser Stadt.
Nicht in diese Frau.

Sie war kurz zuvor noch in einer geschlossenen Psychiatrie. Sie ist verurteilt worden, Maßregelvollzug. Hat während 'ner Musikveranstaltung, wo sie auf der Bühne stand, das Publikum mit 'ner Schusswaffe bedroht.

Hat sogar geschossen, die Eva, auf Menschen. Ist dann verhaftet und verurteilt worden. Hatte aber auch 'ne krasse Kindheit, die Eva, die letztendlich in 'ner Magersucht gipfelte. Sie ist zu sehr in München und zu sehr in sich, trotzdem fahre ich nicht unverliebt heim.

Mit diesen Gedanken begegne ich kaltem Wind in Süddeutschland. Zug kommt in drei Stunden.

Der Wind wehte mich von den Gleisen in die Katakomben der Unterführung.

Hunger!!!

Kein Geld!!!

Das letzte Bier schon ins Urinal gepisst. Für zwei Euro.

Im *Mc Wash*. Jetzt unten. Blick auf die Uhr und gleichzeitig die Erkenntnis. Die Bahn saugt an meinen Synapsen. Neigt sie durchzulallen. Durchgelallte Synapsen.

Ein Gedanke. Glaube, gegrinst zu haben.

Fertig mit den Menschen. Die Menschen dieser Stadt. Passanten. Viel Polizeipräsenz. Beängstigend. Viele Sprachen. Wie so oft. Keinen Plan. Und doch Verlangen.

Nach Worten.

Gesprochen von ihr in meine Richtung.

Immer noch kalt. Kaffee. Drei Euro fünfzig. Kapitalismus. Immer wieder. Wie immer.

Egal. Kaffee. Einige Schritte.

Uringeruch.

Zwei Bullen mit monströsem Köter. Zwei Bullen mit monströsem Köter? Uringeruch? Unterhaltungen mit mir selbst. Watch the people passing by. Gedankenamok. Fehlender Durchblick durch die emotionale Wüste. Eine Verhaftung. Dann zerreißt ein Jubelschrei …

… die Stille. Hagerer Mann. Vorm Süßigkeitenautomat. Ein Schokoladen-Junkie? Lachend, tänzelnd.

Riesiger, dürrer Körper. Laute, volle Stimme.

Freak, so viel ist klar. Innchalten. Ihn betrachtend. Staunend. Er im Freudenfieber, scheinbar grundlos. Der Automat? Gefüllt mit Industriescheiße.

Getarnt als lustige Schokoriegel mit aberwitzigen Namen. Also unmöglich, sich drüber zu freuen. Es sei denn, durchgelallte Synapsen. Irre, dieser Körper. Kinderlachen im Massenmörderpsychopathenkörper.

Wache Augen. Treffen meine. Schritte in meine Richtung. Auf alles gefasst. Fluchtgedanke. Doch ein Schuss laszive Sanftheit streichelt mein Gehör. Fesselt mich. Seine Stimme.

Spricht zu mir.

Erzählt mir.

Vom großen Glück. Zwei Schokoriegel zum Preis von einem. Bounty. Gedeutet von mir als göttliches Zeichen. Eigentlich nur zum Spaß. Für ihn. Zum Weiterlachen. Über meine Dummheit.

Er beginnt zu erzählen.

An die Südsee, sagt er, will er. Wild gestikulierend. Vom Unglück seines Lebens. Verlust von erbarmungsloser Liebe. Obdachlosigkeit. Wohnt derzeit in seinen Taschen. In den Exkrementen der Großstadt, Weltstadt München.

Angst, sagt er, hat er. Vor dem Winter. Erzählt von seiner Mutter. Verstoßen. Erzählt von seinem Fußballverein. Unbemitleidet. Erzählt und wütet. Mordende Gesellschaft. Ich begegne ihm mit Verständnis und Herzwut.

Deutschland.

Gemeinsam die hohe Macht anfeindend. Rock das Haus, kaputt, kaputt. Und sein Weg führte ...

... weg von überall. Hin ins Nirgendwo. Ich verfolge ihn. Durch viele Stationen. Reise mit ihm. In seiner Tasche der Dreck. Vergangenheit. Viel Vergangenheit. Beleuchtet von Sehnsucht. Vergleiche ihn mit Jesus Christus.

Verfolgt. Revolutionär. Und glänzend.

Bunkercharme. Ghettoattraktivität. Wie dieses Gebäude. Wie die ganze freie, globale Welt. Der Wahnsinn unserer Zeit.

Reflexionen der Kindheit. Als die Kunst noch unschuldig war. In den Kinderschuhen. Stolpernd. Durch erbrochene Struktur. Als das Denken den Menschen in die Welt kotzte.

Zigaretten. Zeitlose Augenblicke. Diese voll verkommene Ästhetik. Wie Diebe. Wir stehlen uns gegenseitig die Zeit. Milliarden der Worte. Sinnig aneinandergereiht. Das Gespräch des Jahres (bislang)! Werte Erfahrungen.

Und außerdem sei er nicht drogensüchtig und außerdem ...

... Künstler aus lauter Leidenschaft. Ein Bild habe er gemalt. Für meine Seele. Schwimmendes Schachbrett! Silvester in New York! Naive im Kino!

Kunst.

Zwischen Naivität und der gnadenlosen Romantik der Unkenntnis über das Leben. Entscheidung: Schwimmendes Schachbrett. Der Rest ist Scheiße.

Grüner Rahmen.

Rote Unterlage.

Schachbrett im Wasser. Am Horizont die Sonne. Unschlagbarer Gegner. Dies alles für nur zwanzig Euro. Man solle sie herausfordern, die gelbe Sau. Kocht auch nur mit Wasser. Vernichten! Ignorieren. Schach spielen gegen den Sonnenschein.

Gegen alle Regeln der Vernunft.

Seine Einsamkeit. Im Vergleich mit meiner. Ein Weltmeer.

Offenbarungen. Mein Name für seine Unterlagen.

Das Bild. Er will es zurück.

Wenn die Zeit reif ist und er finanziell imstande. Ich gebe Jesus Christus meine Anschrift. Dann der Abschied Richtung ...

... was ich Heimat nenne, aber keine ist. Der Zug. Durchgelallte Synapsen. Er in meinem Kopf. Seine Geschichten. Sein Bild.

In meiner Hand. In meinem Kopf.

Der Rest war Scheiße. Bin unsicher. Vielleicht für immer. Der ICE ballert in die Nacht. Blick aus dem Fenster. Von Gott verlassene Stadt.

Von Jesus Christus bewohnte Stadt.

Ich verlasse für einen Augenblick die Welt ...

Gottes Haus

Ich führe ein freiheitliches Leben im Dreck. Im Gestank einer vollgepissten Großstadt, ohne Gnade einer möglichen Flucht. Das letzte Geld in Bier investiert ermöglicht keinen Schlaf. Aber die nötige Müdigkeit wäre vorhanden.
Allein.
Hatte soeben eine erschreckend gute wie auch belanglose Unterhaltung mit einem Unbekannten.
Schmerz.
Denke jetzt an ihn, an seine jugendliche Unverbrauchtheit und seine lächerliche Einsamkeit. Heim ist er gefahren. Heim. Frag mich, was Heim zu bedeuten hat. Diese Stadt ist mein Heim. Jeder Winkel, auf dem kein Gebäude steht. Ich bin ein Mensch ohne Anlaufstelle und das schon seit einiger Zeit. Es fallen immer Menschen durch die doch recht breiten Maschen des angeblich so fangsicheren Sozialnetzes. Ich bin einer davon.
Obdachlos. Nutzlos.

Bin aber immer noch in meiner Stadt. München. Diese Stadt hat nix für mich übrig, ich aber immens viel für diese Stadt. Schon längst hätte ich woanders sein können.
New York, Bangkok, Hamburg.
Die Welt ist so riesig, aber ich beschränke mich auf dieses kleine Stück keine Heimat.

Hab grad versucht, mir am Ostbahnhof 'ne Schlafgelegenheit zu organisieren. Bin dabei an diesen jungen Mann geraten, den ich so lange mit irgendwelchem subtilen Zeug zugelabert habe, bis er mir eins meiner Bilder abgekauft hat. Habe ihm vorgemacht, dass mir das scheiß Bild was bedeutet, um den Preis eventuell hochzutreiben. Tut es aber nicht, aber der Preis ist auch gering geblieben. Aber immerhin ging es hier um zwanzig Euro. Gezählt haben nur die zwanzig Euro und die paar Dosen Bier, die es dafür zu holen gab. Sonst nix.

Der Typ war so 'n naiver Frei- und Feingeist, den ich gut über Kunst volltexten konnte. Ich habe mir seine Naivität zu Nutze gemacht. Der wollte auch nur sprechen mit wem und ich war halt grad da. Hab dem eine meiner erfundenen Lebensgeschichten erzählt, nur um an seine bei ihm sehr festsitzende Kohle zu kommen.
    Ich hätte ihm auch was aufs Maul hauen können, so bedeutungslos war diese Begegnung für mich. Ich weiß nicht, was er nun über mich denkt, aber das ist mir auch völlig egal.

Find nix zum Pennen.
    Draußen weht ein Wind, der nach Veränderung riecht und schmeckt, aber es tut sich nix.
    Still im Wind.
    Hab jetzt auch keine Lust mehr, irgendwelche Passanten anzuquatschen. Die reagieren kaum auf mich. Ich sage was, sie gehen weiter. Ich stelle mich vor sie und sage was, sehe sie an, bitte um Hilfe.
    Entweder haben sie keine Zeit, kein Kleingeld oder aber sie beschimpfen mich wüst. Dabei sind mir die Beschimp-

fer noch die ehrlichsten Menschen. Sie sagen mir das, was sie von mir halten, direkt, ohne durch irgendwelche fadenscheinigen Floskeln einem ernsteren Gespräch aus dem Weg zu gehen. Das find ich sehr korrekt von diesen Leuten.

Beschimpft zu werden ist eine der ehrlichsten Arten zu kommunizieren. Ich schimpfe nie zurück, weil die Leute, die mich beschimpfen, ja meistens recht haben oder gewaltig Streit suchen.

Will nur was Warmes.

Ein zärtliches Bett. Morgens eine Waschgelegenheit. Ein kleines Frühstück. Kaffee. Vielleicht ein kleines warmes Mittagessen. Zwischendurch vielleicht ein Gespräch, in dem es nicht um lebenserhaltende Maßnahmen von Obdachlosen geht.

Vielleicht was Intellektuelles über Literatur oder Theater. Auf diesem Gebiet kenne ich mich aus. Oder Musik. Würde gerne mit einer hübschen Frau über Richard Wagner diskutieren, sie danach zum Essen einladen und ihr bei majestätischer, klassischer Musik das Hirn aus dem Schädel ficken.

So bin ich drauf.

Ich habe noch konkrete Träume, die viele in meiner Situation nicht mehr hätten. Auf der Suche nach Leben. Eine Art langfristiges Ziel. Zurzeit suche ich einen kurzfristigen Schlafplatz, um diese Nacht zu überleben.

Aus dem scheiß Obdachlosenheim haben sie mich auch weggeschickt. Rausgeworfen aus der Sicherheit in die Ungewissheit der Stadt. Hätte geklaut, sagten sie. Keiner konnte was beweisen. Einer hat das behauptet und ich war draußen.

In der Kälte. Und es wird scheiß Herbst.
Dieser Wind ist dafür ein eindeutiges Zeichen.

Denke an meine Vergangenheit.
Versoffene Jugend.
Gute Partys. Einige Geschichten mit Frauen, von denen mich heute wahrscheinlich keine mehr kennt.
Die übliche Abfolge: Realschule, Ausbildung, Beruf. Gelernter Automechaniker. Nach der Arbeitslosigkeit ein relativ häufiger Sozialabstieg. Zumindest im Kreis der Leute, mit denen ich verkehre. Hab mit 36 nix Neues gefunden.
Mietrückstände und raus die Sau.
Heute werde ich hier mit Junkies verglichen, obwohl ich vor fast allen Drogen, außer jetzt mal Alkohol, 'nen riesen Respekt habe. Ich will nicht sterben, ich will wieder auf die Beine kommen. Aber ich brauche eine scheiß soziale Krücke, die mir hilft, zumindest zeitweise zu stehen.

Auf der Straße wirst du zum Alki. Da hab ich schon einige dran verrecken sehen. Ich will das nicht. Ich will kämpfen, aber wogegen? Wie kann ich für meine Ziele einstehen? Wie kann ich in meiner Situation was anderes haben als Lebenszweifel?

Raus auf die Straße. Hier so neben dem Bahnhof kuschel ich mich manchmal in eine dieser vollgepissten Ecken rein. Nur weil's da warm ist und ich den Wind nicht so spüre.
Diesen dreckigen Wind, der mir aus meinem dreckigen Gesicht das Grinsen stiehlt. Da hau ich mich jetzt rein, in diese Ecke. Wie für mich gemacht.
Und der Wind kann mich mal.

Leg mich hin, deck mich zu. Fang an zu onanieren. Denke dabei an meinen letzten Sex vor ca. 2 Jahren. Sie war ebenfalls 'ne Obdachlose. Eine schmutzige, dicke Frau. Aber sie hatte etwas Unbeschreibliches an sich.

Wir lagen in einer Ecke wie dieser hier und hatten uns gut mit Wodka abgefüllt. Sie hatte keinen Schlafsack, also teilte ich meinen mit ihr. Und aus dieser anfänglichen Nähe wurde dann wilder Sex. Richtig guter, nicht nur für mich. Einige Wochen später erfuhr ich, dass sie an 'ner Überdosis verreckt sei. Kaputtgefixt, die Gute. Die Straße schafft uns, Baby.

Denke dran, wie ich so in ihr rumwühlte und sie rumschrie wie so 'n Gespenst. Spritze meine Sacksuppe gegen die Innenseite des Schlafsacks. Fühl mich eigentlich recht gut und bereit zu schlafen. Windgeschützt und sexuell mit eigener Hand befriedigt. Halb besoffen.

Gedankenverloren.

Stürze mich in traumlosen Schlaf.

Als ich erwache, stinkt es. Es hat angefangen zu regnen. Warmer Regen. Seltsam. Jetzt erst erkenne ich, dass mich irgendein Typ anpinkelt.

Sehe 'ne ganze Horde Typen um mich rumstehen, wovon mich tatsächlich einer anpisst. Ekel mischt sich schnell mit Angst. Gegen diese Gruppe Idioten muss ich diplomatisch vorgehen.

Cool bleiben. Zumindest der Versuch davon.

Die Typen nennen mich mal Penner, stinkendes Mistschwein oder asozialer Drecksack und haben alle recht. Erstaunt sind sie nur darüber, dass ich nur daliege und mich anpissen lasse. Sie rechneten wohl mit einer anderen Verhaltensweise. Jetzt gibt's 'nen heftigen Fußtritt vom Urinmann in meine Eingeweide.

Ich schreie vor Schmerz, bemühe mich aber, cool zu bleiben und keine weitere Reaktion zu zeigen. Reaktionen können einen hier das Leben kosten.

Die angetrunkene Meute lacht lauthals. Das sind ca. 7 Leute, soweit ich das von meiner Lage aus beurteilen kann. Mit allen werd ich nie fertig. Also besser passiv bleiben und erst mal einstecken.

Für die Schläger ist das wahrscheinlich seltsam, auf einen sprachlosen, passiven Wehrlosen einzuschlagen und zu treten.

Aber vielleicht sind sie auch einfach dran gewöhnt und dies ist eine Routinesituation für diese Leute. Jetzt fangen nämlich alle damit an, mir die Eingeweide aus dem Leib zu treten. Dazu haben sie mich aus meiner Schlafecke rausgezogen und um mich einen Kreis gebildet und treten nun von allen Seiten meinen schwachen Körper zu einem Haufen Matsche.

Jetzt würde ich gern ohnmächtig werden.

Geht aber nicht. Spüre Stiefel am Kopf. Überall mein warmes Blut.

Die töten mich.

Langsam kommt dieser Gedanke und schnell gewöhne ich mich daran. Sterben soll ich. Nun gut, wenn denn dies meine Bestimmung ist. Auf Rettung warte ich schon lang nicht mehr und diesen Tod zu sterben ist zumindest spektakulär.

Dann sehe ich dieses seltsame weiße Licht, von dem immer alle erzählen, die mal kurz tot waren, aber zurückgekommen sind in diese verrückte Welt.

Ich gehe ein paar Schritte und mir wird richtig geil warm. Irgendjemand spielt irgendwo Gitarre und singt einen *Nirvana*-Song.

Come as you are.

Jetzt kann ich ihn sehen und es ist *Kurt Cobain* selbst. Er lächelt, spielt und singt weiter.

Ich grüße kurz, hab aber den Antrieb, weiterzugehen. Kurt nickt mir auch zu, als ob er ein alter Bekannter wäre.

Ich besaß früher eine CD von ihm und seiner Band.

Jetzt bin ich selbst im Nirvana. Und es ist geil. Weiß nicht, wieso, aber ich spüre absolutes Wohlbehagen.

Nach einigen Schritten sehe ich nur noch Weiß. Weißer Nebel. Und hinter einer sich gerade auflösenden Nebelschwade steht eine farbige, nackte Frau vor mir. Sieht mich lüstern an, lächelt. Hat die Figur einer Ringerin, aber so was von Aura.

Ihre reine Haut glänzt im weißen Licht. Betont ihre Muskeln. Stellt sich vor. Nennt sich Gott.

Freundlich grinsend winkt Gott mich herein. Wir gehen durch eine Tür. Im Hintergrund läuft *Richard Wagner*. Irgendwas aus *Tannhäuser*. Gott führt mich in einen Raum und ihr Ringerinnenarsch wackelt vor mir. Trotzdem wirkt ihre Gangart dermaßen elegant.

Gottes Gang in Gottes Haus.

Die Musik wird intensiver, lauter. Wir gelangen in einen Raum mit einem gedeckten Tisch. Dieser Tisch ist für zwei Personen vorbereitet. Ansonsten ist alles weiß und sauber und rein. Ein perfektes Ambiente für ein perfektes Date.

Gott rückt einen Stuhl vom Tisch weg und macht diese Bitte-hinsetzen-Handbewegung. »Ab jetzt wird alles gut«, ...

... denke ich und wache auf. Es stinkt immer noch nach Pisse. Mein Gesicht ist völlig verkrustet vom Blut. Ich bin nicht tot. Scheiße. Verdammte Scheiße.

Warum bin ich nicht tot???

Gott hat für mich schon den Tisch gedeckt und mir ihre Gastfreundlichkeit angeboten. Scheiße. Gott, wir hätten eine wunderbare Beziehung haben können.

Ich richte mich auf.

Wahrscheinlich ist nix gebrochen.

Kann irgendwie alles bewegen an meinem Körper. Ich stehe aber erst mal rum. Kann nicht denken. Sehe nur den Arsch von Gott vor meinem geistigen Auge. Und den Tisch mit Essen drauf. Summe dazu dieses Stück von Richard Wagner. Fühle ein Gefühl der fröhlichen Zerbrochenheit. Irgendetwas Unbeschreibliches ging da ab und ich habe es gelebt und geliebt.

Alles klar, denke ich, vielleicht ein anderes Mal.

Ich gehe in den scheiß Bahnhof, um nach Essen zu betteln.

Vielleicht geht ja was.

Mein Körper ist noch voller Schmerz.

Alles wird gut!!!

Syndala

Du bist wunderschön – ich hasse dich!!!

Wie mag es sein
Mit ihr allein
Verhängnisvolle Küsse tauschend

Wie es wohl ist
Wenn man sie küsst
Die Luft aus ihrem Kopf zu atmen

So wie ich das sehe
Bin ich in ihrer Aura
Schuldig
In Elfenhaft

Im Namen der Elfenpolizei
Leben sie ihre Liebe
Denn wenn nur die Liebe bliebe
Bliebe ich auch dabei!!!

So 'n Scheiß schreib ich momentan. Schreib das einfach so auf irgendwelche Zettel mit irgendwelchen Stiften, um das nachher in den Mülleimer zu werfen.
    Ich habe vier Arme.
    Zwei an meinem Körper, zwei im Schrank.

Von diesen Trashgedichten hab ich schon 'ne ganze Reihe verfasst, doch keines genügte seinem Entstehungsanlass.

Bin verliebt.

Investiere Gefühle. Investiere Gedanken über Gedanken an die eine, welche irgendwie die meine nicht zu werden scheint. Syndala. Allerliebste Syndala.

Diese Syndala ist die schönste, klügste, phänomenalste Syndala, die ich je kannte.

Scheiße, sie ist sogar die einzige Syndala, die ich jemals kannte. Diesen Namen gibt's wohl nicht so häufig. Aber ihre Eltern waren sich bestimmt schon bei der Namensgebung der absoluten Besonderheit ihrer phänomenalen Syndalatochter bewusst und gaben ihr daher diesen unumstößlich genialen Namen.

Sie ist eine Elfe. Absolut.

Oder ein Engel.

Oder eine Außerirdische.

Oder gar eine Göttin. Keine Ahnung, wer sie ist. Aber meine Liebe ist bei ihr. Sie hat sie mitgenommen und kann sie behalten. Sie könnte mich haben, wenn sie wollte. Wenn sie wüsste, dass es mich gäbe, würde sie mich auch haben wollen. Schätze ich. Bin mir aber dessen nicht wirklich sicher. Bin ein seltsamer Typ mit 'nem seltsamen Leben und weiß nicht, ob göttlich-außerirdische Engelelfen auf so was wie mich scharf sind.

Hab echt keine Ahnung. Hab nur den Hauch einer Ahnung, dass es sich lohnt, ihr mehr als den meisten Menschen verfallen zu sein.

Mein Leben ist aber auch wirklich seltsam. Meine Freunde sind seltsame Typen, genau wie meine Eltern und Geschwister und sonstigen Bekannten. Als ob sich alle Zellfehlbildungen und Negativmutationen um mich versammelt hätten. Jetzt leben sie mit mir.

Säufer, Schläger, Menschen, die nicht klarkommen, aber alle sind sie so ehrlich und einfach, als ob sie gerade erst geboren worden sind.

Mal abgesehen von meinen Erzeugern vielleicht. Die beiden sind schon ein wenig falscher als die meisten mir bekannten Zeitgeister. Ficken ihre Doppelmoral. Leben darin in Angst, ihr Bürgeransehen einzubüßen. Machen das geschickt. Hatten ja auch ihr ganzes verschwendetes Leben Zeit dafür, den Ernstfall zu proben.

Ihr Erfolg ist es, in einer stumpfdumpfen Gesellschaft anerkannt zu sein. Unauffällig. Möglichst unauffällig. Mit gemähtem Rasen und gewaschenem Auto.

Aber hinter dieser Fassade lässt man die eigenen Kinder verdorren ...

Dann gibt es da noch meine Freunde. Allesamt wertvolle Menschen, auch wenn sie gesellschaftlich keinerlei Anerkennung von irgendwo bekommen. Was ich über meine Freunde sagen kann: Sie saufen gerne hochprozentiges Zeug und sie prügeln sich gerne danach. Sie demonstrieren gerne ihre Stärke an Schwachen. So wie mit diesem Penner kürzlich am Bahnhof.

Wir gammelten so durch diese fremde Stadt und uns war scheiß langweilig und er lag da, eh schon verbraucht. Wir haben ihm die Eingeweide rausgetreten. Nur so. Weil wir alle total dicht waren und wahrscheinlich, weil wir alle selbst schwach sind. Wir kommen von ganz weit unten.

Wir spüren kein Unter-uns.
Fühlen uns dabei elitär.
Kann ich verstehen und nachvollziehen durch Kenntnis der Biografien meiner Freunde.

Es sind ähnliche Biografien wie die meine, nur verlief meine vielleicht ein wenig undramatischer ab als die von beispielsweise Paul oder Jonas. Obwohl diese Dramatik immer relativ ist. Relativ und in Beziehung zu einem Scheißhaufen von der Straße.
Drama ist überall vorhanden ...

Paul ist der Sohn des Dorfmetzgers. In seiner Jugend war er immer der Idiot, stotternd, unfähig, sich innerhalb von einer Minute 'n Eis mit drei Kugeln zu bestellen.
Das ist natürlich für die bäuerliche Dorfjugend ein gefundenes Fressen. So werden Außenseiter gemacht. Paul war immer ein guter Schüler und Sportler, doch sowohl Lehrer als auch alle Mitschüler bezogen das Sprachhandicap auf seine gesamte Persönlichkeit.
Ich lernte ihn in der Hauptschule kennen, wo auch ich ein Außenseiter war, denn ich war immer der Kleinste in allen meinen Schulklassen. Das habe ich mit absoluter Albernheit kompensiert. Hab blöde Witze gerissen, aber mit Stil.

Paul hat durch Gewalt kompensiert. Einmal auf dem Scheißhaus unserer alten Schule habe ich so 'ne Aktion von ihm beobachtet. Wir standen so mit sieben Jungs in 'ner Reihe, urinierten die Keramik voll und der verseuchte Streber Peter demonstrierte irgendwann seinen fehlgeschalteten Humor, indem er sagte:

»Ey Jungs, guckt, ich kann in Stößen pinkeln. Ich kann pissen, so, wie Paul spricht.« Hohles Gelächter oder stupides Geschmunzel folgten auf diese Aussage. Eigentlich ein echt flaches Statement. Aber Paul, der gerade mit 'ner Kippe auf 'nem Scheißhaus unterwegs war, kam da raus und ging auf den Peter zu.

Sagte nix, aber ich sah seine unbändige scheiß Wut auf diesen absolut überflüssigen Kommentar. Seine Augen zerschnitten die Luft zwischen ihm und Peter.

»Ey, hömma, war nicht so gemeint ...« Weiter kam der nervige Lernpeter nicht, denn da lag er schon in seinem Gesichtsblut vorm Heizkörper des Jungentoilettenraums. Paul hatte ihn mit einem ziemlich derben Kopfstoß über ungefähr anderthalb Meter dahin transportiert. Hatte nicht mal 'ne Macke, der Paul, nur der Peter ist echt unsanft da vorgedröhnt.

Und blutete wie Sau.

Seine Nase war nicht mehr als solche zu erkennen. Wortlos verließ Paul den Toilettenraum. Ich fand es dermaßen cool, sein Freund zu sein. Damals wie heute.

Jonas war und ist ebenfalls in unserer Gang. Hat sieben jüngere Geschwister und wohnt mit seiner Family am Rande der Stadt und des Existenzminimums. Seine Alten sind irgendwie ständig breit, feiern krasse Partys, nehmen illegale Drogen oder ficken mit sich oder Besuchern, die grad zufällig reinkommen.

Bei Jonas hatte ich meine ersten sehr geilen Räusche. Meistens trafen wir uns da an sinnlosen Wochenenden und sein Vater verteilte unter uns Außenseiterjungs seine Kippen und seinen Alkohol. In diesem Haus hatte ich auch zum allerersten Mal sexuellen Kontakt mit einem

Mädchen. Es war eine von Jonas' Schwestern, Sabine, die sich irgendwann nach einem versoffenen Abend zu mir in den Schlafsack legte und an mir rumfummelte. Ich dann auch an ihr, und es war geil und warm und die Sabine war ganz nass überall. Ich bin einfach irgendwann in sie eingedrungen und hab recht fix ejakuliert.

Als wir am nächsten Morgen aufwachten, wollte die Schlampe Geld von mir haben.

Ich gab ihr 'nen Zehner, weil es schon ein geiles Gefühl war, endlich mal gefickt zu haben.

Zu unserer Gang gehören weiterhin der Björn, ein fetter Kfz-Mechaniker, der Thomas, der gerade bei der Bundeswehr rumgammelt, der Adam, arbeitet in der Pommesbude seines Alten, der Benny, der ist Metallbauer, und der Franky, der ist Maurer.

Aber irgendwie sind wir alle trotz Arbeit und wegen unserer billigen, unakzeptierten, gerade mal so geduldeten Existenz völlig frustriert.

Gesellschaft formte unsere Wut und weil wir keine Ausweichmöglichkeiten kennen, transportieren wir diese Wut in die Gesellschaft als Gewalt zurück. Ich bin der festen Meinung, dabei absolut legitim zu handeln. Und unser System, diese abgefuckte Staatsform Demokratie, ist doch eh fürn Arsch. Man gaukelt uns vor, dass alle gleich behandelt werden. Kann aber niemals hinhauen, weil wir alle schon so radikal unterschiedlich sind. Und Demokratie macht doch Menschen wie uns unmöglich. Aber eigentlich interessiert mich die scheiß Politik einen Dreck. Da habe ich aufgegeben, drüber nachzudenken. Da verdienen sich Typen doof fürs absolute Rumgammeln und Nichtstun. Da kann man weder was gegen tun noch was dafür tun.

Das ist einfach nur scheiße.

Abgesehen davon habe ich Bock, irgendwer zu sein. Oder aber auch einfach nur irgendwer für irgendwen zu sein. Irgendjemandem was zu bedeuten. Nicht jedem Arsch hier egal zu sein, das wünsche ich mir. Und vielleicht Syndalas Liebhaber zu sein ...

Oh Syndala.

Ich sah sie nur einmal, als ich mit den Jungs in so 'ner Disco unterwegs war, aber das reichte aus. Die war ein Stück weiter weg von unserem Wohnghetto und von daher brauchten wir einen Idioten, der den Wagen lenkt. Nach einigen Diskussionen und sogar Gewaltandrohung von Seiten Frankys und Björns lenkte ich ein und schließlich den Wagen Richtung Assi-Disco. Natürlich ist es scheiße, wenn sich deine Kumpels besaufen und du schaust nachher, wie du alle wieder einsammelst und sicher nach Hause kriegst. Aber dafür sind wir halt Kumpels.

Auf jeden Fall sah ich an diesem Abend die Syndala zum ersten und bislang einzigen Mal. Wusste natürlich damals noch nicht, dass sie diesen wunderbaren Namen trägt. Mittlerweile habe ich mich ein wenig verändert, aber nur optisch.

Also, ich stand so mit Kaffeebecher und Filterzigarette auf 'ner Treppe rum und beobachtete von diesem Standpunkt aus die feiernde, teilweise total abgespacte Partymenschenmasse. Lichter und Geräusche machten mich nüchtern halb wahnsinnig. Ab und an sehe ich einen meiner Kumpels durch diese Szenerie huschen. Betrunken, unschuldigen Frauen nachstellend. Oder Partner oder potentielle Partner dieser unschuldigen Frauen mit Schlägen bedrohend. We are family ...

Als mich gerade Zerrissenheit bedrohte, weil ich als scheinbar einziger Mensch in diesem Gebäude absolut keinen Spaß empfand, trat sie auf.

Sie erleuchtete mein Umfeld. Zunächst sah ich sie gar nicht, sondern spürte einfach nur ein Energiefeld unter mir, das außerirdisch gute Düfte in die Atmosphäre absonderte. Kam einfach so daher, dieses Mädchen, und setzte sich auf die Treppe, auf der ich stand. Ich bemerkte sie sofort, denn von ihr schien Magie auszugehen.

Es war auf jeden Fall ein magischer Moment, den ich da erlebte. Unbeschreiblichkeit absolut. Sehen und sterben wollen vor lauter unaushaltbarer Erfüllung.

Und ich war sofort verliebt.

Ich habe sie wahrgenommen und musste sie seit diesem Moment dauerhaft anstarren.

Blond, zierlich, absolut weiblich, natürlich und ihr Outfit schien zu sagen: Fuck you, Discodresscode.

Ich war mir sicher, dass zwei Stufen unter mir die Mutter meiner ungeborenen Kinder Platz genommen hatte. Plötzlich sah sie zu mir hoch. Ihre langen Haare zuckten im fernen Laserlicht und ließen sie zu einer absolut außerirdischen Erscheinung werden.

Ich sah in ihr kindliches Gesicht.

Sie sah in mein erstauntes Arschgesicht.

Stand dann auf. Ging auf mich zu. Sprach einen Satz, der ihren Namen enthielt. Ich musste zweimal nachfragen, bis sie mich anschrie: S̲y̲n̲d̲a̲l̲a̲!

Ich sagte ihr meinen Namen und sie nickte grinsend.

Wir standen so auf dieser Treppe und unterhielten uns im typischen Discothekensmalltalk, den ich eigentlich verachte, weil die Inhalte einfach zu vertalkshowt sind.

Mit ihr aber lohnte sich jeder auch nur halb verstandene Wortfetzen (normalerweise gebrauche ich diese Kurzgesprächstaktik nur, wenn ich kurz darauf jemanden verprügel) ...

Sie: Woher kommste denn?
Ich: Vorort, 60 Kilometer von hier, Schmiegau.
Sie: Scheiß Gegend. Haste mal Zigarette für mich?
Ich: Sicherlich.
... suchend, sie kam mir bedrohlich nahe, Feuerzeug flackert auf, ... Engelserscheinung ...
Sie: Erzähl mal von dir, was machste so?
Ich (lügend): Studium, Architektur. Und selbst?

Sie sagte irgendwas, was ich nicht mehr verstand. Ich reagierte einfach so mit meinen Antworten auf ihr Fragenbombardement und machte wohl eine gute Figur dabei.

Nebenbei dichtete ich in mich rein, leidenschaftliche, romantische Worte, die einfach, ohne mein direktes Dazutun, meine Hirnrinde durchbohrten. Sie ist wunderschön, unterhält sich mit mir und ich denke ...

... denke kleine Gedichte in mich rein, schöne Dinge mit sehnsuchtsvollen Elementen ...

Fräulein Sünde
Wenn ich verstünde
Dir zu genügen
Und süßes Vergnügen

Mit Dir zu teilen
Neben Dir zu verweilen
Hier zu stehen
Dich nur anzusehen
Komm lass Symbol uns sein
Für Sonnenschein

Lass uns Kinder gebären
Die Natur zu ehren
Wie Deine Gestalt
Ich küsse den Asphalt
Auf dem Du schreitest
Wenn Du mich begleitest

Schenke ich Dir Sterne
Aus entlegenster Ferne
Nimm mich gefangen
Still mein Verlangen

Es ist die Botschaft der Engel
In diesem Gedrängel

Lass uns von hier verschwinden
Grenzen überwinden
Uns uns neu erfinden
Unsere Körper schinden
Bei uns bleiben

Uns uns einverleiben
Wenn die Zeit hinter uns stirbt
Und keine Grenze blockiert
Unserer Leiber Verlangen

Bin ich gefangen

... so dichtete ich in mich rein und nebenbei war die Unterhaltung scheinbar an einer für mich positiven Phase angelangt. Obwohl ich irgendwie keine Ahnung habe, was ich dieser Traumfrau erzählt habe ...

Sie: Wo willste denn späta noch hin?
Ich: Keine Ahnung, wo kann man denn noch hin?
Sie: Chill Out im Cool Burn.
Ich: Perfekt.
Sie: Alles klar, bis späta. Gegen 5 am Ausgang.

Dann winkte sie zunächst und ich auch und starrte ihrem elfenhaften Gang die Treppenstufen hinunter nach. Sie schwebte da entlang wie meine Gedanken um ihren Körper.
Zack! Verliebt.
So einfach geht das.
Frauen tauchen einfach so vor mir auf. Labern mich voll. Und ich texte sie voll. Machen mich verliebt in sich. Verabreden sich mit mir für später und werden nach einiger Zeit die Mutter meiner Kinder.
Das ist unglaublich und mir irgendwie noch nie passiert. Blick auf die Uhr. Schon halb vier. Erst halb vier. Weit entfernt von fünf.

Jonas kam auf mich zu. Blut lief ihm aus der Nase auf sein T-Shirt. Lallte irgendwas von ganz schnell verschwinden müssen, sonst ganz übel Ärger. Versuchte mit ihm zu diskutieren und ihm meine eben erlebte übersinnliche Erscheinung nahezubringen. Aber er schien es grundlegend ernst zu meinen. Packte mich am Kragen. Schüttelte meinen Körper. Panik in Wort und Auge. Lallte was von riesen Bedrohung durch Schlägerrussen, die irrtümlich bedroht worden sind und deren Mädels irrtümlich im Rauschtreiben angebaggert worden sind.

Die würden sich gerade sammeln. Kein Spaß sei zu machen mit diesen Ivanschlägern. Jonas war fast am Heulen. Obwohl er total breit war, konnte er mir die Gefahr und seine Angst um unsere Leben gut schildern.

In meinem Kopf rotierte es. Niemals würde ich es schaffen, meine kaputte Gang einzusammeln, gesund hier rauszukommen und um fünf wieder hier am Ausgang zu stehen, um mit Syndala noch was klar zu machen.

Ich suchte sie in der Menge, die immer noch im Takt der Musik auf- und abebbte. Schrie verzweifelt ihren Namen in die Partymasse, während ich zwischen Jonas und Björn zum Ausgang wankte.

Der Rest meiner Kumpels wartete schon ungeduldig am Wagen und war teilweise auch übel lädiert. Ich glaub sogar, dem Thomas fehlte die Unterlippe. Ich öffnete die Karre und alle sprangen rein. Meine Augen überflogen den Parkplatz, suchten irgendwelche Syndalasymbole. Nichts. Nur Leere. Nur Verzweiflung. Nur Zweifel am Schicksal. Ich fuhr los unter den Rufen derer, die hinten

saßen. Lebensretter, schneller! Fahr! Ich war total fertig. Hatte keine Gedanken mehr im Kopf.
   Nur den Duft und die Optik Syndalas.

Irgendwann waren wir aus der City raus und überflogen eine Landstraße Richtung Heimat. Teilweise waren meine scheiß Kumpels schon eingepennt oder saßen über den Abend rumlabernd auf der Rückbank und waren total krank stolz auf sich. Sie wissen nichts. Nichts.

Scheisswut. Niemand bemerkte, wie ich den Kombi nochmals beschleunigte und die Augen schloss ...
   Syndala ...

... frag mich, wo Du bist
wo Du erwachst,
wenn die Nacht endet
und wie Dein Atem riecht
nach so einer Nacht
die Wärme
dieses Ortes
ist die Wärme
dieses Raumes
ist rot
dann vergammeln wir
und lieben uns

der Sieg über die Sonne
besteht in ihrer Ignoranz
das Innere einer Muschel
ist eine von Arbeitslosigkeit
geprägte Region

durchdringend flüstert Erregung
ich nur weiß, wie Energie entsteht
wo Schlafes Lust
die Geilheit weckt
ist unser Versteck, oh Syndala ...

... irgendwann wurde ich wach. Mir war herrlich warm. Ich war wieder auf irgendeiner Party. Licht und Sound waren wieder da, so wie vorhin. Getanzt wurde auch. Hatte mich wohl in 'ne Ecke gelegt und war eingeschlafen. Hey, ich muss noch meine Kumpels nach Hause bringen ...

Vor mir sah ich zwei Typen, die einen Körper rumtrugen. Plötzlich brüllte einer: »Da vorne ist noch einer. Scheiße, wie viele waren die denn in dem Auto?«

Dann kam der, der das gesagt hat, zu mir. Scheiße, wie breit bin ich eigentlich und wo bin ich hier wieder gelandet. Psychopathenparty.

Der Typ kam mir ganz nahe. »Er lebt, wir haben einen Überlebenden, Notarzt, schnell, hier ...«

Ich brüllte den Penner an: »Natürlich lebe ich, du Arsch, aber du gleich nicht mehr, wenn du mich hier weiter so vollschwuchtelst!«

Als ich ihn wegstoßen wollte, bemerkte ich einen akuten Mangel an Armen ...

Tod frisst Familie

Ich schlage eines seiner Bücher irgendwo in der Mitte auf. Bukowski. Hot Water Music. Erzählungen ...

»Tony?«
 »Ja?«
 »Bist du es, Tony?«
 »Ja.«
 »Hier ist Dolly.«
 »Hey, Dolly, was tut sich denn so?«
 »Mach keine Scherze, Tony. Mutter ist gestorben.«
 »Mutter?«
 »Ja, meine Mutter. Heute Abend.«
 »Tut mir leid.«

»Ich bleib zur Beerdigung da. Ich komm dann gleich anschließend nach Hause.«

Überall Tod. Zufällig. Ich taumle im Haus umher.
 Meine Mutter ist auch schon tot.
 Mein Mann auch, Gerüstbauerunfall.

Gestern ist mein Sohn gestorben. Ein sogenannter tragischer Verkehrsunfall. Wie nennt man eigentlich eine Mutter, die ihr Kind verliert?
 Ich nenne mich »KeineMuttermehr«. Obwohl ich eine

bin, die eines toten Kindes. Obwohl dieses Wortgeschöpf nicht annähernd die Verzweiflung trifft, die meinen Körper und Geist zerteilt. Ich habe keine Tränen mehr.

Mein Sohn wurde gefunden in einem Straßengraben. Sie hatten einen Unfall. Er und seine Freunde. Nur der Fahrer hat überlebt. Der hat aber auch keine Arme mehr.

Mein Thomas ist tot. Er ist bei einem Aufprall auf einen Baum aus der Heckscheibe geschleudert worden. Dabei hat sich der Kombi senkrecht den Baum hochgeschraubt. Danach ist die Karre wieder runtergerauscht, auf den Körper meines Sohnes und hat ihn zerquetscht.

Ich trinke ein Glas Wasser. Esse einen Keks.
   Versuche zu weinen.
   Trauer aus dem Körper zu weinen.
   Sinnlos. Ich habe keine Tränen mehr.

Ich bin jetzt allein in diesem Haus.
   Ich esse einen Joghurt. Trinke ein Bier.
   Ich habe ewig kein Bier mehr getrunken.

Ich mache den Fernseher an.
   Nach zehn Sekunden sagt er: »Tod!«
   Ich schalte ihn wieder aus. Versuche zu weinen. Geht nicht.

Denke an Harald. Meinen Mann. Seinen Unfall. Sein Grab. Gehe in Thomas' Zimmer. Starre seine Bücher, seine CDs, seine Wände an.

Gehe wieder raus.
 Lege mich in unser Ehebett.
 Harald und ich.

Halte es nicht lange aus.
 Gehe in Haralds Hobbykeller. Da im Schrank ist noch sein Werkzeug drin. Hole mir einen Schraubenzieher.
 Kratze damit über meine Arme, bis Blut kommt.
 Das tut gut.
 Dann ramme ich mir den Schraubenzieher durch die Hand und endlich kann ich wieder weinen ...

EXKLUSIV BONUSSTORY:

Für sie

Am ersten Mai dieses Jahres nahm ich die Straße aus dem Dorf heraus. Heraus aus der Kleinbürgerlichkeit, aber vor allem war es: eine Flucht vor ihr. Die, mit der ich lebe, ist besessen, hat Gedanken, die ich nicht nachvollziehen kann. Ich bin ganz sicher selber sehr schwierig, aber mit meinen mittlerweile siebenundsechzig Jahren muss ich mir das nicht mehr geben. Raus. Das Dorf hinter mir, der Mai leuchtet, es riecht nach Revolution und Frühling. Auf den Straßen Menschen, es ist zehn Uhr morgens, vielleicht sogar noch etwas früher, und ich kann ein leichtes Hemd tragen, durch das der Wind meinen Körper küsst. Dieser Tag hat eine Leichtigkeit, die mich bei den ersten Schritten heute Morgen erschrak, denn diese Leichtigkeit ist ungewöhnlich.

Normalerweise hält mich eine Bremse mit irgendwelchen psychotischen Worten auf. »Geh nich, is kalt«, kollabiert frühmorgens schon mal diese Stimme, oder: »Wenn du jetzt gehst, kannst du auch für immer gehen.« Und das sagt sie, obwohl ich nur Brötchen holen will oder ne Zeitung und nein, ich hatte nie vor, ins Zigarettenautomatenland zu fliehen, nein, nie, auch jetzt nicht, wo es Mai ist und die Vögel einladend singen, Menschen auf den Straßen spazieren gehen. Sonnenbrillen. Eiswaffeln. Kindergeschrei. Schön. In diesem Tag liegt eine Magie.

Die Frau, mit der ich zusammenlebe, ist psychisch krank. Kein Wunder, denn ihr Leben war kein Kissen, in das man seinen Kopf in aller Ruhe bettet, sondern eher eine kleine Folterkammer ohne Türen und Fenster. Das bisschen Liebe aber, was sie empfinden kann, spendet sie mir. Und es sind große Gesten, über die sie die Herrin ist, aber im nächsten Augenblick kann schon wieder so eine Attacke kommen, und es folgen dann Beschimpfungstiraden, die nicht mal Alice Schwarzer über Männer DENKEN würde. Sie war mal verheiratet, ihr Mann hatte einen Unfall, er fiel auf der Baustelle vom Gerüst, kurze Zeit später hatte ihr einziges Kind einen tödlichen Autounfall. Sie hat dann lange allein gelebt in einem viel zu großen Haus. Der Schmerz, der in diesem Haus zugegen war, ernährte sich von ihrer kleinen Frauenseele, zerkaute den Dreck und spuckte das ganze Dilemma wieder zurück in ihren gebrochenen Körper. Zerschundenheit statt Verbundenheit. Keiner war da.

Ich weiß noch, wie ich sie zum ersten Mal sah. Sie war so an den Rand gedrängt, so übersatt von den Dingen des Lebens. Ein typisches Lebensopfer. Ein Mensch, der nur noch flüstern konnte.

Und meine Nacht war hart und lang, denn ich war damals Arzt in einer Notambulanz, und in dieser Nacht gab es drei Fälle von massiven körperlichen Verstümmlungen. Um ca. 20.30 Uhr kam einer, der hatte diesen typischen Sexualkontakt mit einem 2500-Watt-Staubsauger. Massive Verstümmlungen, aber sein Penis war zu retten. Ich hab ihm nur gesagt, als er sich bedanken wollte für den Erhalt seiner Potenz, dass er demnächst lieber eine Unterhose beim Staubsaugen tragen solle. Wie kann man nur Elektrogeräte ficken? Das wird mir auf ewig ein Rätsel bleiben.

Die zweite Person in dieser Nacht kam um ca. 22.45 Uhr, total besoffen, aber trotzdem von erheblichem Schmerz im Genitalbereich gepeinigt. Der Typ, der ihn in die Ambulanz begleitete, wohl ein Freund von ihm, erzählte mir von einer Wette. Diese Wette hatte zum Inhalt, dass jener der beiden Freunde der *Commander* sei, der sich die meisten Trockenerbsen in die Harnröhre stecken konnte. Auf was für abstrakte Ideen die Menschen doch kommen. Leider hatten die beiden jungen Männer nicht mit einkalkuliert, dass Trockenerbsen im Feuchtmilieu natürlich aufgehen und dann mindestens ein Dreifaches ihrer Ursprungsgröße erreichen. Und genau das verursachte die Schmerzen. Den Mann haben wir unter Narkose gesetzt, seinen Schwanz längs aufgeschnitten, die Hülsenfrüchte entnommen und den Mist wieder zugenäht. Ob er je wieder eine Erektion haben würde, war ungewiss, zumindest hatte er die Wette gewonnen. Ich habe 25 gezählt, und der andere junge Mann hat dann eh von der Wette abgelassen und seinen Freund ins Krankenhaus begleitet.

Dann kam sie. Als zerrissenes, gespaltenes Subjekt. Sie lieferte sich selbst ein, schien unter Schock zu stehen. Das, was nicht zu ihrem Körper gehörte, war ein riesiger Kreuzschraubenzieher, der ihre Handfläche durchbohrte. Das Teil war ca. 15 Zentimeter lang, aber die Frau schien keinen Schmerz zu verspüren, als sei sie krasse Verletzungen gewohnt. Sie sagte lediglich, sie mache sich Sorgen, dass sich die Sache entzünde. Das muss man sich mal vorstellen. Eine kleine zierliche Frau mit einem Kreuzschraubenzieher durch ihre kleine Frauenhand. Das Teil sah aus, als würde es schon ewig da stecken. Wir entfernten das Ding sachgemäß. Die Frau faszinierte mich von Anfang an. Es war nicht so, dass ich Interesse an ihrem Körper hatte, nein, ihre Seele schien ein vielfarbiges Spektrum zu sein und glitzerte auf dem OP-Tisch durch ihre Augen.

Ich fragte sie, nachdem der Verband das Loch in ihrer Hand verdeckte, wie es denn zu einer solch drastischen Verletzung käme, und zunächst erzählte sie mir etwas von zwei linken Händen an ihr, die einfach nicht heimwerken könnten, aber sie muss wohl an meinem Gesicht gesehen haben, dass sie unglaubwürdig wirkte. Dann erzählte sie unter kommenden Tränen von ihrem toten Mann und ihrem kürzlich verunfallten Sohn und schilderte mir die ganze Leere und Trauer, die da stattfand in mir. Die Bewegungslosigkeit im großen Haus, die Depression, die mir die Flügel genommen hat. All das schilderte sie mir auf der Behandlungsliege sitzend, und ich hörte ihr einfach nur zu. Ich glaube, ich war der erste Mensch, dem sie all das anvertraute. Sie hatte wohl sonst niemanden, der ihr so nahestand.

Sie ging irgendwann, und ich spürte, einen besonderen Menschen kennen gelernt zu haben. Ich war damals allein, meine Frau hatte mich verlassen für einen omnipotenten Latino. Ich war sowieso immer arbeiten. Medizin faszinierte mich schon immer mehr als Sex. Ach, diese Frauen, die immer gehen müssen, das ist in meinem Leben leider kein Einzelfall. Sie kamen und gingen, und ich war immer so wehrlos, wenn eine ging, denn wenn ich mich mal für jemanden entschieden hatte, dann so, wie sich Christen Gott vorstellen, der sich für sie entschieden hat. Hallelujah. Ja, ich bin groß im Lieben, nur leider nicht realistisch.

Drei Tage später war an meinem Auto hinter den Scheibenwischern ein Zettel angebracht. Darauf gab es eine Handynummer zu lesen und unterschrieben war das Ding mit *Die Frau mit dem Loch im Leben und in der Hand*. Sie wollte also Kontakt zu mir und mir war, als ob ich das auch wollte. Irgendwie war sie eine mystische Person.

Ich rief sie an, und wir verabredeten uns in einem Café. Als wir uns dort trafen, fing sie sofort an zu sprechen, sie monologisierte vor sich hin über die Merkmale ihres Lebens. Natürlich sei sie nicht verrückt, versicherte sie, aber eben manchmal ein wenig angespannt, und dann bräche das alles aus ihr raus, und wenn dann da niemand ist, der sie halten mag, sondern eben nur ein Werkzeug oder ein Haushaltsgegenstand als Wundenproduzent, dann passieren halt Löcher im Leben und auch in der lächerlichen Haut, die uns umspannt. Ich verstand sie. Selbst würde ich nie so weit gehen, meine gesunde Haut zu verletzen, doch ich kann mich in solch emotionale Ausnahmezustände hineinversetzen. Jede meiner Trennungen von einer Frau war von diesem Schmerz begleitet.

Wir trafen uns öfter und hatten eine Menge zu erzählen, nein, eigentlich redete sie überwiegend, ich ergänzte nur ihre kleine Welt mit meinem Dabeisein. Ihr Mitteilungsbedürfnis war sehr groß und ausschweifend. Ich hörte ihr einfach nur zu und irgendwann war ich verliebt in sie, weil ihre Worte mich gefangen nahmen, ihr Leben mich aufsog wie ein Schwamm Feuchtigkeit. Ich interessierte mich für sie, begann mich, an ihr versponnenes Verhalten zu gewöhnen.

Irgendwann, wir kannten uns vielleicht drei Monate und sahen uns beinahe täglich, und ihr Redefluss war ununterbrochen schön, fragte sie mich, ob sie nicht bei mir wohnen könne, dann wäre es viel einfacher, alles zu erzählen, weil ich ja immer da wäre. Ich willigte ein, auch ich hatte das Alleinsein mehr als satt. Und über dieser Person stand wahrlich ein besonderer Stern.

Eines Abends küssten wir uns, wir lebten bereits ein halbes Jahr zusammen und bis dato redeten wir nur, wir schliefen nicht miteinander, aber irgendwann küssten wir uns zwischen den Worten, die sie sprach. Ein feuchter Kuss zwischen zwei Weisheiten. Es war wunderbar, ich liebte ihren schönen Mund, und plötzlich war auch Erotik da, ihre Sinnlichkeit fiel in ein Licht, das selbst in mir als alterndem Mann noch saftige Träume aufsteigen ließ. Wir küssten uns lang und ausgiebig, und es hätte durchaus mehr laufen können, ihr Herz schlug schneller, der Atem wurde heftiger, aber dann setzte sie die Lippen ab, nahm ihr Weinglas und begann wieder, über ihren toten Sohn zu reden. Mein Schwanz war aus Eisen, und plötzlich war mir egal, was sie zu erzählen hatte. Sie bemerkte meinen Konzentrationsmangel und erbat sich Zeit für sexuelle Handlungen. Ich verstand ihre Skepsis nur ein wenig. Mein Körper sprach eine deutliche Sprache: Fucklanguage, international. Ich hatte seit dem Weggang meiner Exfrau nicht mehr mit nackten Frauenkörpern zu tun gehabt.

Sie aber verweigerte sich mir weiterhin, vertiefte sich in die Hauswirtschaft und ins Kochen, sah gut dabei aus, richtig scharf, aber niemals wieder gab es einen Kuss wie den, nach dem ich erwartete, mich in weiteren sexuellen Handlungen zu verlieren. Ich wurde frustriert und hörte ihr immer weniger gerne zu, wie sie am Abendbrottisch mit Mäusebissen an ihrem Leberwurstkörnerbrot herumpickte und über die Verletzungen ihres Mannes sprach, die er hatte, als er vom Gerüst fiel. Es waren viele, und die Todesursache war ein gebrochenes Genick. Ich traute mich nicht, meinen Sexwunsch in direkte Worte zu fassen, und schlief jede Nacht verzweifelter neben ihr ein.

Dann begann sie auch noch, mich zu bevormunden. Irgendwann passte ihr mein Leben nicht mehr, ich aß zu viel, rauchte zu viel, sie änderte alles in meinem Haus, was mir lieb war. Ihr gefielen auch meine Klamotten nicht mehr und sie warf einige meiner Lieblingsstrickpullover auf den Müll des Vergessens bzw. in den Altkleidercontainer, auf dass krisengebeutelte Rumänen darin ihren Lebensabend verbrächten. Das war auch die Zeit, als ich berentet wurde, und von nun an nur noch mit ihr zusammen sein sollte. Ich musste aufpassen, sollte mich vielleicht anpassen. Ich wusste nicht, was ich tun sollte, denn der Wunsch, ihr auch körperlich nahe zu sein, ließ sich nicht einfach so unterdrücken, und ich wurde wirklich sehr traurig.

Dann kam dieser Tag, dieses Heute, dieser erste Mai in den Sonnenstrahlen der Poesie, und ich ging einfach ziellos raus auf die Straße. Ich lief ohne Jacke, sie hätte das nie erlaubt. Ich ging erst mal zum Kiosk und kaufte mir Zigaretten, jeder Zug schmeckte nach Freiheit. Vielleicht würde ich niemals mehr zu ihr zurückkehren. Ja, Flucht und dann noch zehn gute Jahre haben, bevor der Tod kommt und mich holt. Ich ging ziellos durch die Straßen, lief einfach, rauchte und es ging mir gut an diesem Tag. Ich lief und lief, hinter mir verließen mich Teile des Dorfes, in dem ich bei ihr gefangen war.

Später, wie spät es genau war, vermag ich gar nicht exakt zu sagen, setzte leichter Nieselregen ein, der stärker und stärker wurde. Ich akzeptierte den Regen, zu Hause würde mich Schlimmeres erwarten. Ich lief weiter, das Dorf war nur noch schemenhaft hinter meinem Rücken zu erkennen. Der Regen wurde sehr stark und ich immer durchgeweichter, und da war so eine Art Buswartehäuschen, in das ich mich stellte.

»Hallo!« Aus dem Halbdunkel des Wartehäuschens entsprang eine zärtliche Stimme, und aus der unteren linken Ecke erhob sich ein Wesen. »Scheiß Wetter, nicht?«, fügte das Wesen hinzu, und es handelte sich hierbei um eine Frau, Anfang vierzig vielleicht. Ich nickte und begrüßte sie, und die kleine Frau streckte mir ihre Hand entgegen und sagte »Susanne« und hatte sich somit auch namentlich bekannt gemacht. Sie sagte, sie säße hier, seit der Regen angefangen habe, sie sei von zu Hause abgehauen, weil ihr Mann sie nerven würde. Auch sie war sofort sehr redselig, aber auf eine offenere Art als meine daheim wartende Freundin, die ich wohl nie mehr wiedersehen würde.

Susanne erzählte mir sofort von ihrer ungut laufenden Ehe, ihr Mann wäre so ein Businessmensch und alles käme zu kurz, Liebe, Sex, Leidenschaft. Es gäbe auch noch einen Sohn, sagte Susanne, der sei aber total krank im Kopf, und sie wisse auch nicht, von wem er das habe. »Mein Sohn ist sexsüchtig«, sturzbachte es aus Susannes wohlgeratenem Mund, »so ein richtig fieser Aufreißertyp, den nur die Körperlichkeit interessiert, ich weiß nicht, was mit ihm nicht stimmt ...« Sie erzählte weiter von ihrer kleinen Familie, von Unruhen an Holztischen und von einsamen Tränen auf roten Sofas. Auch ich konnte im Anschluss von meinem Tag und meinem Leben erzählen und fand in Susanne eine kultivierte Zuhörerin. »Willst du zurück zu ihr?«, fragte sie mich, als ich ihr von der Frau erzählte, die mein Leben seltsam gemacht hatte. Ich schwieg. Wir saßen auf dem mit Holz ausgelegten Boden des Wartehäuschens und der Regen drosch in unnachgiebiger Heftigkeit aufs Dach. Wir schwiegen eine Weile, dann spürte ich Susannes Hand an meinem Schwanz, den sie durch meine Hose befummelte wie eine Dreizehnjährige, die Penisstimulation nur aus dem jugendlichen Fachblatt für Aufklärung kannte. Ich schreckte auf, mein Penis reagierte auf ihre Unnachgiebigkeit, und ich nahm ihre Hand und besänftigte sie: »Bitte lass das, ich bin ein vergebener Mann.« Hatte ich das wirklich gesagt? Mein Unterbewusstsein hatte eine Entscheidung gefällt wie ein kanadischer Holzfäller einen hundert Jahre alten Baum.

Susanne nahm ihre Hand wieder zu sich, und ich stand auf und sagte zu ihr: »Ich gehe zurück, es muss sein, sie braucht mich.« Dann ging ich wieder Richtung Regen, Richtung Dorf und ging und ging, und es war bereits Nacht, fast war es sogar schon wieder Tag, und als ich unser Haus erreichte, zwitscherten die ersten Vögel und der Regen hatte sich in leichtes Nieseln verwandelt. Ich schloss die Tür auf, und es roch nach Gewohnheit. Ich war da, wo ich hingehörte. Vollkommen aufgelöst kam sie die Treppe hinuntergestürzt und brüllte sofort los: »Du Arsch, wo warst du, wo, verdammt, und geraucht hast du auch, schäm dich, deiner Frau eine solche Angst einzujagen.« Ich schwieg, und ihre flache Hand traf mich im Gesicht. »Ich liebe dich«, flüsterte ich in ihre Brüll- und Schlagattacken, doch diese Worte drangen nicht mehr zu ihr vor. Sie malträtierte mich weiter, es tat nicht wirklich weh, ich war einfach nur die Projektionsfläche ihrer Ausgelassenheit.

Zwei Stunden später lagen wir nebeneinander im Bett, und ich wusste, wo ich sterben würde.

Ich hab die Unschuld kotzen sehen

Teil 2
Und wir scheitern immer schöner

Zielgruppendefinition

Der Mensch an sich ist Nichtswisser und Vielbehaupter. Da bin ich keine Ausnahme.

Literatur für wen auch immer. Für mich.

Für den, den es interessiert.

Für den, der es wissen will.

Für irgendwas Denkendes.

Für niemanden außer dem Mülleimer.

Für den, der noch nicht tot ist, noch nicht begraben unter Unmenschlichkeit. Leer gemenscht. Totgemenscht.

Für untotes Gerümpel in Bewegung und sei sie auch nur pseudogeistig.

Für die Philosophie und für die Mädchen.

Für die, die schön scheitern können.

Für dich.

Und wir scheitern immer schöner. Immer bunter. Immer schneller.

Aaaahhh!!!

Gesellschaftskritik in Gesellschaftszwängen. Raus. Gefängnis. Turn it down! Smash the world around! Smash capitalism! Now! Now! Now! Tu es jetzt und tu es richtig und tu es gründlich! Aaahhh!!! Attacke. Welthirnkrieg. Slowly getting damaged by life. Und ohne es zu merken, wird der Boden unter uns zum Scheiterhaufen aufgetürmt. Hat mal jemand Feuer? Klar.

Danke.

Schmerzverstärkerambiente. Umsehen. Mitlachen. Geht nicht? Langsamer werden. Bewusster werden.

Ein- und ausatmen. Bewusstseinsrepressalien. Schlimm, was aus Menschen werden kann. Leute, die Exkremente essen. Politiker, die reden. Mädchen, die lächeln.

Ich entschleunige mich. Bremse hier eine Spur ins geistige Hinterzimmer. Guten Tag.

Da, wo die Blumen blühen, will ich sein. Da, wo es schön und langsam leise ist. Wo man alles wahrnehmen kann, weil da wenig zum Wahrnehmen ist. Wo man Einzigartigkeit essen kann und Individualität atmen. Im Solidaritätskonzept. Alle gleich und gleich schön.

Wo ist das? Wo ist zu Hause? Seelenasyl.

»Ich bin auf der Suche nach Seelenasyl.

Ich brauche nicht viel Platz, verlange nicht viel.

Nur ein kleiner Platz am Wasser mit Schatten vielleicht,

mehr soll es nicht sein. Ich bin sicher, das reicht.«

Ich.

Ständig suchend. Suchen schon als Sucht. Ohne Suchen kein Sein. Ahnungslos. Bloß wissend, dass man unwissend ist. Keine neuen Erkenntnisse in Sachen Menschheit. Weitere Bestands- und Nahaufnahmen crashen bitterlich das Ego. Kaputte Synapsen. Angst kackt die Seele voll. Kuchen frisst mein Gedärm von innen. Leben ist wie Scherben essen und sich wundern, dass man Blut spuckt.

Ich habe im Keller der Menschheit Forschungen angestellt. Ganz unten bin ich gewesen, da, wo der Mensch die Basis weiß. Da stehe ich heute noch, weil man da viel erkennen kann.

Weiter oben ist nichts mehr, was sich lohnt. Dahin streckt der Mensch seine Arme aus, die er besser, mit seinen leeren Händen dran, dem Nebenmenschen reichen sollte. Gutmensch-Versuche.

Unterhalb des Menschen ist auch nichts. Alles ist neben ihm. Alles andere ist er selbst.

»Punkrock ist vorbei
und die Stimmen werden leiser.
Wir sind nicht mehr high,
dafür aber viel weiser.«

Ich.

Das wäre schön. Weisheit zu haben. Zu wissen. Antworten auf Zweifel. Kleine Injektionen Erkenntnis.

Und wir scheitern immer schöner ...
Versuchen wir unser Glück erneut in Menschlichkeit.
Und für wen ist jetzt dieses Buch? Für alle!!!
Also pisst mich nicht an, denn bald werde ich das Poster über euren Betten sein!

Vorhang auf!

Fickmensch

Hard to be a girl. So nice to be a boy.
In my room at night. Not a pretty site.
Here's an empty kiss ...
...
Hard to be a girl. That's what the oracle told me.
I don't care what she says.
I assume it's best to be lonely.
Adam Green – Hard to be a girl

Ich ficke die unbekannte Unschöne, eine, die gerade noch mal so geht. Ich habe eine Mitgenommene mitgenommen. Aus dem Tanzlokal der Verzweifelten in meine 3-Zimmer-Wohnung. Der Einfachheit halber.

Im Takt meiner Penispeitschenhiebe im vaginalen Raum quiekt sie vergnügt. Meine Reise ins Orgasmusland beginnt. Ihr Zug ist schon abgefahren. Ich versenke meinen Schwellkörper lieblos und mit viel Druck in ihrem Unterleib, und sie findet das geil. Ihre Schoßsuppe, ihre Geräusche und ihre Hände, die meinen Arsch klammernd festhalten, sind dafür ein eindeutiger Beweis. So tue ich doch was Gutes, denke ich so bei mir.

Sie wird entwürdigt. Sie ist mir scheißegal. Sie ist Objekt. Meine Erregung will sie verletzen, sie bäuchlings aufschlitzen, ihre Gedärme zerrühren, sie schmerzverzerrt und schmerzverstärkt liegen lassen und unvernünftigerweise Samen in sie schießen. Und sie? Sie genießt den Ekel, den ich ihr entgegenbringe, zuckt und schaudert im naiven Frohsinn. Testosteron blubbert in meinen Zellen.

Ihre Brüste sind klein und fest. Faszinierend, ihre leichte Erregbarkeit. Dran geleckt und reingebissen. Wieder Quieken. Die derb Gefickte ist außer sich und außerstande zu denken. Gut so.

Sie freut sich, dass sie lieblos gefickt wird. Ich stochere in ihr rum, nach meinem subjektiven Vergnügen. Meine nicht vorhandene Zärtlichkeit lässt sie aber fröhlich gestimmt, breitbeinig und breihirnig daliegen. Abreaktion meiner Lust im unbekannten Honigsee. Ihre Schamlippen klatschen Beifall. Und ich weiß, dass ich gut bin.

Ihre Vagina ist mächtig weit geöffnet. Als wollte sie mich fressen. Mein Leben fressen. Unweit ihres Innersten tauche ich ab und zu auf. Zeugt die Weite von einer Geburt oder von maximaler Frequentierung des Vaginalteils dieser Frau? Im Innenraum kaum Widerstand, kaum Reibung, aber viel unsagbar geile Wärme und Nässe um mich. Wie an den Wänden einer alten Turnhalle. Im Aquarium der Sinnlichkeit. Als nervöser Taucher. Egorammler. Sportficker.

I am the fucking FUCK-KING!!!

Ich ficke sie derb. Schnell und wild. Weiß genau, dass sie mich nerven wird, wenn ich fertig bin. Sobald mein Samen mich verlässt, bin ich wieder sozial behindert. Bin ich jetzt doch auch schon, nur die Gegenseitigkeit des Verlangens verbindet mich und die Fremde.

Ich habe sie aus der kleinen Dorfdisco mitgeschleppt. Es lief Plastikmusik für die Masse. Die tobte. Rieb sich aneinander. Wollte sich gegenseitig mit nach Hause nehmen, um ein bisschen fremden Menschenduft einzuatmen. Sich nicht ganz alleine fühlen. Schwitzend ficken und dann sterben.

Kam so um halb vier nachts, als nur noch Trash-Menschen am oder auf dem Dancefloor sich in alkoholisch verzweifeltem Tanzgebaren übten. Sah schlimm aus. Nur noch die Ungefickten, die niemand unterhalb eines gewissen Alkoholpegels anfassen mag, standen herum und schauten öffentlich romantisch oder gläsern besoffen.

Ja, ja, die Leber wächst mit ihren Aufgaben.

Da ich so was öfter mache, kenne ich meine Zielgruppe genau. Von vornherein war mein Ziel, bei einer Frau vorne reinzugehen. Manchmal hasse ich mich dafür, aber mein Erfolg gibt mir recht. Noch keine meiner solchen selbst auferlegten Missionen schlug fehl. Immer fand ich was Ergebenes und Dankbares in Frauenform. Vagina, Brüste. Gehirn stört bloß.

Ich weiß, was die restlos Verbrauchten sich wünschen. Nur ein bisschen Wärme. Eine Stimme, die für Sekunden nur ihnen gehört. Einen Flirt mit mir halbwegs gut aussehendem Menschen.

Alkoholpegelmäßig sind meine Zielgruppenmädels meist schon über ihr Ziel hinaus. Sie sollten schon noch was merken, die Frauen, aber Betäubung ist auch wichtig. Soziale Hemmschwellen werden nichtig und der Blutdruck ist schön weit oben. Dank dem Alkohol. Der macht meine Missionen erst möglich. Alkohol und ein gewisses Maß an Mindestverzweiflung, dazu eine Prise Nicht-Klarkommen und Angst-vorm-Ungeficktsein. Perfekte Mixtur.

Hatte bei den ersten beiden keinen Erfolg. Frau Nr. 1 konnte weder sprechen noch laufen – normalerweise ideal! –, kotzte mir während eines einleitenden Gesprächs vor die Füße und fiel dann vom Barhocker auf den Boden. Ich ließ sie da liegen, sah Kotze, Blut, Tränen und Speichel sich vermengen und verschwand aus ihrem Blickfeld. War wohl besser. Bisschen Leben im Menschen sollte schon drin sein.

Frau Nr. 2 war interessant. Ich roch an ihrer Frisur und hatte sofort einen Megaständer. Sie war allerhöchstens fünfundzwanzig. Nur dann kam so'n Typ vom Klo wieder, guckte mich verachtungsvoll an und küsste das junge Ding auf den Kopf. Ein eindeutiges Zeichen dafür, besser zu verschwinden.

Weiblichkeit Nr. 3 war dann der erfolgreiche Abschluss der nächtlichen Suche. Ebenfalls mindestens 2,8 Promille. Ein Blick, der nicht mehr zielgerichtet war. Pluspunkt für mich war außerdem, dass sie mit einer Freundin da war, die schon jemanden gefunden hatte und mit dem sie knutschend und fummelnd, von Barhocker zu Barhocker, direkt neben ihr Zärtlichkeiten auszutauschen versuchte.

Vor sie hingestellt und mich dann vorgestellt. Falscher Name. Auf ein Getränk eingeladen, möglichst hochprozentig, und dann ein wenig einladend philosophiert. Die hohe Kunst der Pseudophilosophie. Sie sprang auf alle meine ausgesendeten Signale hundertprozentig an. Sie war wohl echt ziemlich verzweifelt. Ihr Name Anne. Vielleicht Anfang dreißig und einen Körper, an dem die Schwerkraft mit aller Gewalt zerrte. Magere Gestalt. Kleine, feste, formlose Brüste. Kurze, moderne Haare und in das Gesicht mindestens fünfundzwanzig Jahre Langeweile eingemeißelt, davon zehn, die sie mit Alkohol und schlechtem Sex zu betäuben versuchte.

All das war mir egal, als wir uns entschieden, in meiner Wohnung noch was zu trinken. Zu besoffen zum Neinsagen. Perfekt.

Bereits im Taxi begannen sich unsere Zungen einen sinnlichen Kampf zu liefern. Sie stank dermaßen nach Schnaps, dass ich einige Pausen machen musste, um Vergiftungs- und Übelkeitserscheinungen vorzubeugen.

Ihre alles verzehrenden Küsse symbolisierten ihre Verzweiflung. So küssen nur Menschen, die sonst keiner küsst.

In meiner Wohnung ging sie erst mal pinkeln. Als sie vom Klo wiederkam, war sie erstaunlich sexualisiert. Fasste mir an den Hosenbund. Ihre kleinen, neugierigen Finger verschwanden dann in meiner Jeans, um da unkoordiniert und trotzdem wirkungsvoll meinen Schwanz zu stimulieren. Ich entledigte sie ihrer Oberbekleidung, und ihr käsiger Oberkörper kam zum Vorschein. Ihre besoffenen Augen glänzten vor Gier und sie flüsterte ein heiseres »Fick mich, bitte!« Dass sie »bitte« hinzufügte, zeugte ebenfalls von der extremen Verzweiflung ihrer Gesamtpersönlichkeit.

Sie ins Schlafzimmer leitend, meine Hose verlierend, an ihr herumschraubend, ihren kleinen Busen reibend, manifestierte sich meine Geilheit. Mein Penis pulsierte. Mein Sperma kochte bereits, und die vermehrungswütigen Zellen kribbelten von innen im Hodensack. Die Sacksuppe war angerichtet.

Dann lagen wir, nur noch unterhosenbekleidet, auf meinem Bett und erkundeten mit den Händen Genitalien und Poritzen des Gegenübers. Meine Finger an der fremden Haut. Die Frau freute sich über Berührungen. Sie war so nass und tief wie ein Bergsee, und in ihrem Arsch fand ich unabgeputzte Reste ihrer Verdauung. Diese waren bestimmt schon einige Stunden alt, weil steinhart. Rausgezupft, zusammengerollt und weggeschnippt. Egal. Geilheit siegte, und ich drang irgendwann in sie ein. Auf der Suche nach Sekundenerfüllung. Sie ließ sich alles gefallen, auch dass ich ihr mehrfach Ohrfeigen gab. Einfach so, weil mein Gehirn aus war.

Irgendwann dann raus aus ihr und ihren Kopf in meine Körpermitte bewegt. Auch das machte sie einfach so mit, ohne den Hauch von Ekel oder Widerwillen. Mein Schwanz bewegte sich auf ihrer Zunge, und sie leckte mir freudig die Sacknaht. Ein eher unbehagliches Gefühl. Deswegen Ohrfeigen. Dann wieder vaginal. Ich beschlief ihre Ausdruckslosigkeit. Mit viel Härte, aber sie brauchte scheinbar all diese Reize, um ihrerseits Spaß zu haben. Sollte sie. Ihre Laute erregten mich ...

Dann quoll mein Ejakulat in ihren Unterleib. Befreiendes Zucken und Vermehrungssaft umspülte ihre Gebärmutter. Samen, die sagten: »Vergiss es!«

Ich muss hier raus. Aus diesem Körper. Aus diesem Leben. Ich habe verlernt zu lieben. Mein Schwanz folgte genau diesen Gedanken und wir verließen Anne gleichzeitig.

Fertig.
Plötzlich Aggressionen.
Ich befahl ihr, sich anzuziehen und schleunigst zu verschwinden. Sie war immer noch total besoffen. Mit ein

paar Ohrfeigen verlieh ich meinen Forderungen die notwendige Wirksamkeit. Sie torkelte in ihre Hose, fiel fast um dabei. Ich sah silberne Tränen, die auf meinem Fußboden zersprangen, und eine zerschlagene kleine Frau mit rötlich glänzenden Schamlippen, die sich nach Liebe sehnte.

Scheißegal.

Die muss jetzt weg.

Nochmals meine Worte: »Anziehen, verpissen!«

Ratlos suchte sie ihren Krempel zusammen, um sich in ihn zu integrieren.

Als sie fertig und bekleidet war, nur ein fragender Blick, auf den ich »Verschwinde!« antwortete.

Riesige Fragezeichen in kleinen, besoffenen, heulbereiten dummen Augen. Salziges Wasser schob sich durch Annes Netzhäute und ich die kleine Frau durch die Tür, wieder in ihre kleine, verzweifelte Welt. Draußen hörte ich sie leise fluchen, dann weinen. Irgendwann hörte ich dann Schritte, die ihr Verschwinden bestätigten.

Ich verstehe mich nicht. Die Nachvollziehbarkeit meiner eigenen Handlungen ist mir nicht wichtig. Wär doch schön, wenn da jemand wär, der länger bleibt als eine Nacht. Meiner eigenen Coolness halber wird dieser Gedanke vom Testosterongebaren weggespült. Ich kann mir keine Sentimentalitäten leisten. Die machen verletzbar. Und man weiß doch, was es heißt, verletzbar zu sein. Gerade als Mann. Nicht mehr wegkommen, hieße das, bewegungsunfähig sein, nicht mehr seine verdammten Schwingen spreizen und fortfliegen können. All das weggespült mit lähmenden Verletzungen.

Ich bin ein Fickmensch, kein Denkmensch. Mit diesem Wissen gehe ich schlafen und vergesse die Reste der Nacht. Aber da taucht noch ein Gedanke auf, so zwischen Schlaf und Wachsein, der mir sagt: »Meister der Schnellreflexion sind Meister des Selbstbetrugs.«

Ich möchte diesen Satz in mein Bewusstsein schreiben, bin aber zu schwach. Die Müdigkeit holt mich zu sich.

Morgenkind
(Stück in zwanzig Teilen)

Barbie gefoltert
Viele britische Mädchen zwischen sieben und elf Jahren foltern ihre Barbies: Sie verstümmeln oder enthaupten ihre Puppen oder lassen sie in der Mikrowelle schmoren. Zu diesem Ergebnis kommt eine Studie der Uni von Bath. Die Forscher erklären: Mädchen wenden sich so mit dem Älterwerden von einem »babyhaften« Symbol ihrer Kindheit ab.
Aus der Borkener Zeitung vom 29.12.2005

Wieder ein Morgen, wieder Aufstehen.
Wieder Widerstand.
Wieder niemand da.
Wieder Stille.
Leises Leben, doch kein Frieden in mir. Ich bin Protagonist meiner unaufhaltsamen Lebensserie. Und wieder eine Folge, in der nichts passiert, was mich weiterbringt. Jeden Tag aufs Neue. Und irgendwie bin ich ein schlechter Darsteller im eigenen Leben. Ich stelle mich nicht so dar, wie ich gerne wäre, denn so, wie ich gerne wäre, kann ich wahrscheinlich nie sein. Unvermögen und Selbstmitleid. Unscheinbar und unverdächtig.
Das Trotteltier der Menschenherde.

Jeden Tag geh ich ins Bad und wasche ein Frauengesicht. Dann male ich mir neue Gesichtszüge. Versuche, etwas Gefühl zu zeichnen, aber da ist nur Verfall. Nur langsames Altern. Die Maske, die ich mir mache, ist mein öffentliches Versteck vor der grausamen Realität.

Verfall wird durch Kosmetik beschleunigt und ausgeglichen. Ich male mir jeden Morgen ein Gesicht, das nicht meins ist. Umrande betonend meine Augen mit schwarzem Kajal.

Puder.

Rouge.

Make-up, make me up, don't let me fall down!

Aber ich falle täglich tiefer in diesen Prozess des Alterns. Und das neue Gesicht strahlt nur künstlich. Ganz hinten ist es echt, aber was man sieht, ist Kunst.

Dann die Frisur. Der Versuch, aus toten Zellen Design zu machen. Ich gebe mir Mühe. Aber es ist noch niemandem gelungen, aus Scheiße Gold zu machen. Ich und meine Frisur sind Feinde. Ich trag mein Haar zwar kurz und kann es modern erscheinen lassen, aber es darf kein Hauch Wind zu viel durch die Atmosphäre strömen, sonst ist es wieder hin.

Das ist mein Beruf. Haare, Haarteile, schneiden, föhnen, tönen, verteilen, färben, lügen – »Diese Frisur steht Ihnen aber ausgezeichnet!« –, kassieren, Smalltalk und sich mies fühlen.

Jeden Tag.

Ohne emotionale Bindung. Da ist nichts zum Festhalten außer Kaffee und Zigaretten.

Und am Wochenende gebe ich meinen Körper frei. Und mein Gehirn macht Urlaub. Es fährt sogar ins Ausland, mein Gehirn, und träumt. Ich durchspüle es mit internationalen Spirituosen, und es freut sich, weil es nicht mehr über mein Leben nachzudenken braucht. Das ist ja auch viel zu anstrengend.

Smalltalk und »Smallalk« meint kurze Gespräche und kurze Getränke. Das ist der Lifestyle, der so langsam meinen Stolz zerbröselt.

Ich bin nicht mit Absicht oberflächlich, bin Opfer mangelnder Gehirn- und Körperbefruchtung.

Diese Wochenenden. Ich gehe dann meistens mit meiner Arbeitskollegin Sandra aus. Die ist fast so frustriert wie ich, allerdings sieht sie besser aus. Sie hat Haare wie aus Gold. Deswegen ist sie bei Männern meistens mehr gefragt als ich. Ich stehe fast immer dumm daneben und ertränke meine Gedanken an ein Wunschleben in kleinen Gläsern mit brennbaren Schnäpsen.

Mein Wunschleben ist aber gar nicht so abstrakt: ein Mann, zwei Kinder, ein Hausfrauendasein in einer Kleinstadt. Das Leben lang den Typen ficken, der einem ein Leben finanziert.

Und den Kindern sagen, wie was geht.

Wer, wie, was und so. Kein Problem. Das kann ich schaffen. Das ist doch nicht zu viel verlangt. Ich will Wochenenden ohne Schnaps, dafür mit »Wetten, dass ...« und einem Mann, der neben mir einschläft. Ich bin jetzt zweiunddreißig und habe Angst, dass sich die Tore schließen, bevor ich auf der richtigen Seite bin. Nur, wie komme ich dahin? Mein Versuchen wird verzweifelter von Mal zu Mal. Keine Liebeslieder. Nur die Oberfläche angekratzt. Und allen Tiefgang wegbetäubt.

Saalwette in mir: Thomas Gottschalk tönt mir subversiv grinsend ins Gesicht: »Wetten, dass Sie es nicht schaffen, glücklich zu werden! Top, die Wette gilt.« Und dann der Psychoton, der jede Konzentration auf gesetzte und geschätzte Ziele hemmt.

Die Versuche, einen Lebensteiler zu finden, endeten bislang immer tragisch. Keine Beziehung hielt ein Jahr. Kein Mann mit ehrlichem Interesse. Irgendwann ein Schutzwall aus Ablehnung um mich installiert und doch ein verzehrendes, sehnsuchtsvolles Ich in mir. Sehnsucht nach Berührungen aus Liebe. Nach Händen, die mich tragen wollen.

Nach Ehrlichkeit und Treue und ein Leben ohne aufgemalte Fassade. Dass da einer kommt, der das, was unter meiner Aufgemaltheit steckt, schätzt und für gut befindet. Diese Vorstellung scheint mir so realistisch wie Atmen unter Wasser.

Letztes Wochenende hatte ich nach langer Zeit mal wieder Sex. Sandra und ich waren mal wieder ziemlich betrunken und besuchten eine Diskothek. Ich versuchte, erotisch zu tanzen, und gab mich so der Lächerlichkeit des öffentlichen Auges preis. Goldfrisur Sandra setzte sich lediglich an den Tresen und musste nicht mal mehr zahlen fürs schnelle Betrunken- und Geleckwerden.

Doch dann kam einer und schenkte mir einige Minuten und sein ungeteiltes Interesse. In mir ging ein Feuer an und ich dann mit ihm nach Hause.

Wir haben gefickt wie die Straßenköter, aber dann hat er sein Interesse revidiert und mich vor die Tür gesetzt. Ich war mit einer Hoffnung gesegnet, die im selben Augenblick zertreten wurde. Ein kleines Gefühl, wie eine aufkeimende Pflanze dahingerafft vom Spaten der Realität. Umgenietet. Für falsch befunden. Risse im Kopf aus Sehnsucht und doch keine Hoffnung.

Seine Berührungen haben mich multipel orgasmatisiert. Sein Schwanz hat mich ausgefüllt. Er hat mich um den Verstand gepoppt, der dann wiederkam, als ich halb angezogen und verstört in seinem Treppenhaus stand und es mehr kalt als Liebe war.

Ich bin dann nach Hause und hab mich nett vergewaltigt gefühlt. Ich habe trotzdem gut geschlafen.

Das ist jetzt fünf Tage her und jetzt ist wieder Alltag. Graue Suppe hängt jeden Morgen am Himmel und auf den Straßen. Jeden Morgen sieht es gleich aus. Es ist Herbst, der Winter kommt, der Wind ist kalt, die Stadt wirkt zerbombt. Aber es ist kein Krieg, sondern Sehnsucht.

Ich verlasse nach drei Tassen Kaffee und vier Filterzigaretten meine kleine Mietwohnung, um mit dem Wagen Richtung Friseursalon zu fahren. Letzte Kontrollblicke in den Spiegel haben mir gesagt: »Anders geht's nicht, Tussi, vergiss das Schönsein in diesem Leben!« Ich hasse mein morgendliches Spiegelbild. Ich erkenne mich manchmal unter meiner Kosmetik nicht wieder. Wo bin ich eigentlich?

Gedankenverloren besteige ich meinen Kleinwagen. Musik an. Technobässe zerreißen meine Gedanken. Zersplittern die Stränge meiner Gehirnwindungen. Das fühlt sich gut an. Das Leben ist wieder ein wenig rhythmischer als zuvor. So muss ich weniger denken. Nur hin zum Salon. Ich muss mich ein wenig beeilen. Ich parke aus, drehe die Musik lauter und fahre. Verlasse den Ort. Die Bässe dringen in mich ein. Ich fahre auf eine Landstraße.

Die Bässe ficken mich. Dringen durch mein Ohr. Besänftigen mein Gehirn. Ich beschleunige den Wagen. Der Morgen hat einen Rhythmus. Es passt mir wieder ein wenig mehr, ich zu sein. Das kommt vom Weniger-drüber-Nachdenken, wer ich denn eigentlich bin. Ich suche in meiner Handtasche meine Filterzigaretten.

Als ich eine aus der Tasche fingere, fährt vor mir ein Kind Fahrrad. Direkt vor mir fährt ein Kind auf dieser Landstraße. Ich schreie und schließe die Augen.
Bremse.
Spüre den Aufprall eines Körpers auf der Windschutzscheibe. Es ist ein dumpfes Geräusch ähnlich einem Bassschlag der Musik.
Nur viel lauter.
Dann merke ich noch, wie mein Wagen etwas überfährt. Irgendetwas bricht auseinander. Ich komme zum Stehen. Die Geräusche multiplizieren sich in meinem Kopf und lösen auf der Stelle panischen Wahnsinn aus.
Mein Herz schlägt nicht mehr in meiner Brust, sondern hauptsächlich in meinem Kopf. Ich atme stoßweise. Habe meine Augen immer noch geschlossen. Mir fehlt der Mut, sie zu öffnen. Ich schwitze und mir ist kalt. Meine Hände am Lenkrad, in einer eine Zigarette. Meine Angst lässt meinen Puls vibrieren.
Dann aber doch: Augen auf. Im Rückspiegel erkenne ich ein deformiertes blaues Kinderfahrrad. Ein Rad dreht sich noch. Daneben liegt ein kleiner Körper mit auffällig flachem Kopf. Rundherum Blut. Da bewegt sich gar nichts. Grau-weiße Nebelschwaden zirkulieren um Kind und Fahrrad. Zurück bleibt hemmende und hämmernde Angst.

Ich steige aus. Meine Beine halten mich nicht aus und ich falle auf die Straße neben mein Auto. Dann überkommt mich Panik und Handlungszwang. Ich richte mich auf, gehe auf das Kind zu. Da liegt es deformiert auf der Straße. Knochenbrüche lassen die Gestalt des Kindes wie von Picasso gemalt wirken. Ganz abstrakt und gar nicht mehr Mensch.

Die Menschlichkeit weggebrochen. Entfremdet vom Sein.

Aus dem Kopf des Kindes sickert dunkelrotes Blut und irgendwas Gelbes. Großhirnflüssigkeit, denke ich. Denksaft rieselt die Straße entlang. Die Fließgeschwindigkeit dieser Kopfflüssigkeit ist rasant. Es verteilt sich schon im Straßengraben. Das Kind scheint tot zu sein. Beuge mich runter und fasse es an. Es hat einen braunen Anorak an und ist vielleicht sieben Jahre alt.

Ich drehe den leichten Körper, den ich für schwerer hielt, um und sehe in ein Gesicht, in dem nichts mehr an seinem Platz ist. Ein leerer Blick, ein geöffneter Mund, keine kleine Nase. Das Gesicht ist eine einzige Wunde. Eine tödliche Wunde. Und es sickert unaufhörlich weiter. Über meine Schuhe. Das Kind sickert mich voll.

Gedankenlos hebe ich das Kind auf. Trage es zu meinem Auto. Öffne den Kofferraum und werfe den toten Körper hinein.

Klappe zu.

Dann gehe ich zum Fahrrad und werfe es über den Straßengraben auf den dahinter liegenden Acker. Wieder zurück zum Auto. An dem ist kaum was kaputt. Die Stoßstange ein wenig eingedrückt. Und ein paar Haare kleben dran. Sonst nix.

Ich zittere. Einen Gedanken zu weit gedacht.

Ich will nicht schuld sein, denke ich.

Ich will hier weg, denke ich auch.

Das Kind ist tot, denke ich, als ich wieder losfahre – und zwar in die Richtung, aus der ich kam. Mein Kopf lässt meinen Körper per Zufallsprinzip reagieren. Die nächste Idee ist immer die richtige. Affektgesteuert. Instinktiv. Ich bin ein Tier. Ich töte wie ein Tier. Weit entfernt davon, ein Mensch zu sein.

Musik an. Die Fahrt ist eine schnelle. Niemand hat's gesehen. Es gibt keine Zeugen. Jetzt bloß keine Fehler machen. Mein Leben ist zu Ende. Auf der Suche nach rechtfertigenden Gedanken beschleunige ich die Fahrt. Nach Hause.

Kind in die Gefriertruhe?

Kind zersägen?

Kind vergraben?

Zur Polizei und alles weinend erzählen und das Leben im Gefängnis enden lassen? Gedanken rasen. Nur keine Schuldgefühle. Da kommt nichts. Ich rauche auf der Heimfahrt fünf Zigaretten.

An meiner Wohnung angekommen, parke ich ein und steige aus. Erst mal nach oben. Ich denke an den Inhalt meines Kofferraumes und mir wird schlecht und der Inhalt meines Magens will raus.

Meine Wohnungstür quietscht öffentlich. Angekommen. Toilette. Deckel auf. Minutenlanges Würgen. Ich kotze mich aus. Unverdautes verlässt mich. Dann liege ich neben der Toilette und versuche mich in helfende Gedanken zu retten.

Ich rufe zitternd im Salon an.

»Salon Beauty Hair, Katharina, guten Tag.«

»Kati, hier ist Anne, du, hör mal, ich kann heut nicht kommen, bin total erkältet, mit Fieber und so ...«

»Gut, ich sag's der Chefin, hörst dich ja gar nicht gut an, Mädchen.«

»Mir geht's auch echt mies, muss wieder ins Bett. Meld mich noch mal, wenn ich beim Arzt war.«

»Is gut, Schätzchen. Gute Besserung.«

»Ich hab ein Kind umgebracht.« Sie hat schon vor dem entscheidenden Satz aufgelegt.

Als ich dann abends vor dem Fernseher saß und eine Quizshow guckte, hatte ich bereits ein zersägtes, zwanzigteiliges Kind in meinem Gefrierschrank. Und zwar in folgender Beutelverteilung:

Teil 1: linke Schädelhälfte mit Gehirnsuppe
Teil 2: rechte Schädelhälfte mit Gehirnsuppe
Teil 3: Halswirbelsäule inklusive äußerer Hautlappen
Teil 4: Schulter links bis ungefähr zur Brust
Teil 5: Schulter rechts bis ungefähr zur Brust
Teil 6: Brustkorb, mehrfach gebrochen + Organpüree
Teil 7: linker Arm, einfach gebrochen
Teil 8: rechter Arm, einfach gebrochen
Teil 9: halber Oberschenkel rechts
Teil 10: Restschnitt Oberschenkel rechts
Teil 11: halber Oberschenkel links
Teil 12: Restschnitt Oberschenkel links
Teil 13: Organ- und Knochenpüree
Teil 14: Organ- und Knochenpüree
Teil 15: Organ- und Knochenpüree
Teil 16: Bauchfleisch

Teil 17: Wirbelteile
Teil 18: Wirbelteile
Teil 19: Kleinteile wie Knochen, Knorpel, Gelenke
Teil 20: Resthaut, Blut, Verkrustungen, Flüssigkeiten, Genbestände, was weiß ich ...

Das habe ich auf einen Zettel geschrieben und dann in große Gefriertüten portioniert. Meine Küchenmaschine ist kaputt.

Die Küche ist wieder sauber. Ein zwanzigteiliger Siebenjähriger wohnt in einem Gefrierschrank in der Küche bei minus achtzehn Grad. Bei diesem Gedanken wird mir noch lange nicht kalt.

Kopf on.

Gefühl off.

Forever.

Das Kind ist jetzt bei mir, in meinem Gefrierschrank.

Das will ich nach und nach wegschmeißen, um wieder Platz für Gemüse zu machen.

Frau Klose und der liebe Gott

Ich: »Halleluja, Halleluja!«
Alle: »Halleluja, Halleluja!«
Ich: »Amen!«
Alle: »Amen!«
Ich (in Gedanken): »Wollt ihr den totalen Krieg?«
Alle (in Gedanken): »Jaaaaa!«

Meine Gemeinde ist geisteskrank. Dreht sich um ihre Moral und begeistert sich fürs Christentum, und wenn man dann in eine Familie geht, bemerkt man unter der Oberfläche Psychoterror, geschlagene Frauen, fremdgehende Männer, irgendwelche Druckmittel, um Familien augenscheinlich aufrechtzuerhalten.

Ich bin ihr geistloser Geistlicher und verzweifle an all diesem menschlichen Elend, was wirklich gut versteckt im Bürgertum immer wieder sichtbar wird. Diese kleinen Perfektionsschweine. Alles schon gesehen, alles wissend. Alles gelesen. Mit jedem schon gesprochen. Köpfe voll mit sinnlosen Informationen.

Da sitzen meine schizoiden Lämmer und schreien nach Erlösung für ihre verkommenen Existenzen. Beten sich sonntäglich um ihren ärmlichen Verstand. Gucken sackdumm gen Altar und warten auf Wunder, die nicht kommen werden. Loben Gott in ihrer christlichen Verzweiflung.

Ich bin katholisch-schizophren. Ich halte eine Messe, mit den Leuten, die hier sind, um ihr Gewissen durchzuspülen. Beten soll ja helfen. Ich bin der, der hinterm Altar steht und all diese armen, abgetriebenen Lämmer grundlegend verarscht. Mit diesem Wissen stehe ich hier und es tut ein wenig weh, aber Menschsein bedeutet scheinbar all das.

Sie setzen sich hin. Sie stehen auf. Sie machen eine Stunde, was ich will. Sie hören mir zu. Sie glauben mir, wenn ich Brot teile, dass darin Jesus wohnt. Unglaublich. Und der Wein ist das Blut, natürlich. Religion ist die Krücke der Hoffnungslosen, Gott der letzte Gesprächspartner. All das erscheint mir mit voranschreitendem Leben und Wissen als Farce. Tragik. Drama.

Obwohl ich an Gott glaube, verachte ich, was ich tue. Meine Wahrheit ist nicht die Wahrheit der Katholiken. Gott ist für mich in anderen Dingen. Er wohnt in guten Gesprächen, in guten Filmen, in klassischer Musik und in schwerem Wein. Aber als nicht papstkonformer katholischer Geistlicher hat man hier auf dem Land einfach verschissen. Also spiele ich ein wenig mit, und alle lassen mich in Ruhe. Aber die Zweifel werden nicht müde. Der Gedanke, dass ich mein Leben verschenke, lässt mich nicht in Frieden dumm sein.

Ich mag die Menschen an und für sich. Die Moralisten, Faschisten, Molkebauern dieser Gemeinde sind meine Front. Vor ihnen präsentiere ich das heilige Wort. Unabdingbare Dinge.

Sie glauben.
Ich lüge.
Sie glauben.

Ich Schwein.

Ausgesprochen unaussprechlich dies. Diese Diskrepanz zwischen Stimmung und Wirklichkeit. Spoken words for broken people, würde ein Brite in meiner Lage wohl sagen.

Während meines Theologiestudiums war ich nie Sklave des Zweifels. Ich habe gekifft, gesoffen und gefickt, und Gott fand all das super, weil es mich weiterbrachte. Ich war und bin Gott sehr nah. Dann kam die Überzeugung des Katholizismus in mich. Ich hatte die Vorstellung in mir, ich erreiche durch die katholische Parole 'ne Menge Menschen mit Gottes guten Worten. Soziabilität ins Volk beten wollte ich.

Geweiht wurde ich, und Gott fand auch das gut. Es gab keinerlei Negativemotionen. Gott und ich: a Team for human revolution! Ich erblühte neu, doch in mir eigentlich ein eingeklemmter Grundzweifel.

Dann kam die Erkenntnis und ja, es tat weh. Die Erkenntnis war freiheitsberaubend. Ich fing an zu denken und sah: Scheiße, der Apparat hat mich sich einverleibt. Kein Gebet hilft mehr.

Und jetzt, Jahre später, bin ich in diesem Scheißsystem gefangen. Langsam checke ich meinen Irrtum, mich der organisierten Kirche anvertraut zu haben. Aber raus kann ich auch nicht mehr. Gefangen in meiner christlich-naiven Solomoral. Nehme aber meinen Job seit dieser Erkenntnis nicht mehr wirklich ernst, zumindest nicht den offiziellen Kirchenteil, den menschlichen schon.

Bischöfe und Kardinäle mögen keine Freidenker wie mich. Ich bin schon sechsmal versetzt worden. Zuletzt in dieses Bauerndorf.

Mein einziges Glück besteht darin, den Menschen emotional beizustehen und Frau Klose, meine Haushälterin, zu ficken. Wir machen da so'n Zeug im Sadomaso-Bereich. Nicht nur bloßer Verkehr, sondern ziemlich authentisch gespielte menschliche Erniedrigung. Sozusagen als Ausgleich zu meinem Gutmensch-Sein. Frau Klose versteht mich.

Gestern brauchte wieder eine Familie meine Güte. Deren Kind ist verschwunden. Einzig und allein eine Blutspur und ein kaputtes Fahrrad bezeugen, dass da mal ein Kind war. Aber keine Leiche. Kein Kind. Niemand weiß, ob dieses Geschöpf noch lebt.

Die Eltern, der große Bruder, diese Leute betreue ich lieber mit meinen als mit Gottes Worten. Gott hat für diesen Schmerz keine Worte außer so Floskeln wie: »Ey, kein Problem. Verlasst euch auf mich. Geht schon gut. Paradies für alle. Ohne Sorge.« Das ist einfach nicht genug. Diesen Leuten kann ich keine Bibeltexte vorlesen. Ich kann ihre Hände halten und ihre Tränen zählen. Sonst nichts. Trost gibt es für so was nicht.

Ich sitze in der Sakristei und zähle Hostien. Hab mir 'ne Flasche Messwein aufgemacht. Schmeckt nicht, aber schafft Abstand zur Realität.

Bald ist Weihnachten. Dann kommen sie alle wieder und blockieren die Reihen der Kirche. Da sitzen sie dann und starren mich an, und ich will ihnen in ihre Scheißgesichter schreien und ihre Gebisse in den Hals schlagen. Schweine mit Menschenfassade. Und doch sage ich nur »Halleluja!« und »Amen!« und wünsche den Pissern ein frohes Fest. Meine aber eigentlich: Denkt nicht nur an euch, try to think international. Seid gut zueinander. Ich weiß, dass ihr es nicht seid. Ich kenne eure Beichten.

Ich gehe nach Hause. Frau Klose erwartet mich bereits in einem schwarzen Lackkostüm und einer neunschwänzigen Peitsche in der Hand. So steht sie in der Küche und guckt gierig. Es liegt eine sexuell angespannte Stimmung in der Luft. Frau Kloses Blick ist daran schuld und sie bohrt ihn durch meine Netzhäute. Ihre Anwesenheit erregt mich und tackert Flügel an die Fantasie, die losfliegen will, doch von Frau Kloses Gebrüll unterbrochen wird.

Sie schreit mich an, ich solle mich ausziehen. Sie verleiht dieser Forderung mit Schlägen Nachdruck. Ihre kleine, zarte, flache Hand fliegt mir entgegen. Ins Gesicht. Auf die Hände. Frau Kloses Blick ist unerbittlich. Ich öffne meine Hose, ziehe sie runter. Dann verlässt mein weißes Hemd meinen Körper, gleitet auf den Boden. Frau Kloses Blick bohrt sich beständig und trocken in meine Augen.

Ich stehe nackt vor ihr. »Umdrehen!«, schreit sie. Ich kehre ihr den Rücken zu. Ich habe eine krasse Erektion und dementsprechend wenig Blut im Hirn. Dann spüre ich, wie etwas Hartes, Kaltes in meinen Enddarm fährt. Es ist ein Dildo. Frau Klose bedient ihn. Er ist sehr leise und neu. Er tut weh. Frau Klose tritt heftig in meine Kniekehlen und ich gehe zu Boden. Der Dildo fährt geräuscharm aus meinem Arsch. Ich schreie kurz auf. »Maul halten!«, brüllt Domina Klose und: »Auf den Rücken legen!«

Ich tue, wie mir aufgetragen. Meine lackierte Haushälterin setzt sich auf meine Erektion, die millimeterweise in ihr verschwindet. »Bewegung!«, schreit sie mich an und schlägt mir den blutigen, nach Scheiße stinkenden Dildo auf die Lippen. Ich beginne sie zu penetrieren. Mein Unterleib bohrt sich in ihren. Sie verzieht keine Miene. Guckt nur neutral böse. »Schneller!«, brüllt sie, und in ihrem harten Gesicht bewegt sich lediglich kurz ihr kleiner, schmallippiger Mund. Ich mache Tempo. Ich ficke sie, als ginge es um mein Leben. Geht es wahrscheinlich auch. Hin und wieder schlägt sie mir mit dem Plastikpimmel oder mit ihrer Hand ins Gesicht. Ich bin in Fahrt. Sie spürt nichts. Ihre neutrale Kälte schimmert böse, bis ...

... ich komme. Ein rasender Orgasmus saust durch mich durch. Ich vibriere in ihr, doch sie guckt ausschließlich angeekelt. Ich segne sie mit meinem Ejakulat. Halleluja. Mein Samen auf der Flucht vor mir, Vermehrungswille inklusive. Ich zucke und mein Gehirn geht aus. Mein Sperma fliegt vogelgleich durch die Luft, das meiste davon aber hat Klose vaginal eingesaugt. Etwas geht daneben und macht weiße Sprenkel auf ihr Lackdress. Leicht zu reinigen, denke ich. »Pottsau, ablecken!«, krakeelt Klose. Ich bin fertig, aber auch diesen Wunsch erfülle ich ihr. Meine Zunge reinigt ihr Kleid.

Später sitze ich am Schreibtisch und arbeite den Messdienerplan für die diesjährigen Weihnachtsmessen aus. Der absolut untalentierte Kirchenchor will mal wieder das Hochamt am 1. Weihnachtsfeiertag gestalten. Jeder weiß, dass der Chor unendlich beschissen klingt. Der Vorsitzende vom Kirchenchor ist aber der 2. Vorsitzende des CDU-Ortsvereins, und das legitimiert alles. Alles ist scheiße in dieser Gemeinde.

Frau Klose betritt den Raum. Sagt nichts. Sie stellt eine Tasse Kaffee auf meinen Schreibtisch, lächelt dienstlich und verschwindet.

Das Leben ist, wie das Leben ist. Und auch Frau Klose ist ein Mensch.

Freiheit im Kettenkarussell

Für Momente nur zu fliegen ist primitiv. Ich will einen Flug als Leben. Aber alles, was ich bekomme, sind Abstürze.

Aufpralle.

Gegenoffensiven.

Egoschlachtungen.

Bohrungen in meinem Bewusstsein. Da bin ich lieber Lügner. Und simpel unfähig.

Meine Kindheit, eine Heuchelei. Der Sohn eines katholischen Pfarrers und seiner Haushälterin. Die hat mich in die Welt geschissen. Vom Heiligen Geist gefickt. Ziemlich schnell ins Heim, denn ich bin eine verbotene Existenz. Der Heiligenschein sollte gewahrt werden. Scheinscheißer. Alles ging damals unbürokratisch ab und meine Identität wurde einfach verkannt. Aber durch eine kleine Aktennotiz bin ich irgendwann schlauer geworden und wusste, woher ich kam. Doch die Menschen, die mich gemacht haben, sind mir egal. Zu denen will ich nicht zurück. Die Gene sind purer Zufall, so wie meine Gedanken und mein Sein.

Die Heimzeit. Die Hölle im Viererzimmer. Neben schwer Erziehbaren wird man schwer erziehbar. Das Milieu hat mich geformt. Dresche von kleinen Mitbewohnern. Arschfickaktionen von so genannten Sozialarbeitern. Kaum ein

Versuch, mich zu sozialisieren. Dafür war wohl kein Geld da, und meine entnervten Erzieher schlugen lieber drauflos mit Schuhen oder irgendwelchen Rührstäben aus der Küche. Es wurde viel geschlagen. Irgendwann habe ich kapiert, dass Tränen zu weinen nichts bringt, denn auch dann wird geschlagen, sogar manchmal erst recht dann. Meine Haut, die Aggressionsfläche, auf der sich Pädagogen austobten.

Schläge, die nicht töten, härten ab. Die kleinen Narben und Wunden wurden Wut. Blutige Wut. Ich riss Kabel aus der Wand, schmiss Fernseher um. Schlug mit Stangen um mich.
Traf Köpfe.
Sah Blut.
Hatte Spaß.
Die wilde Kindheit.

Therapieversuche. Psychiater bohren sich mit drängenden Fragen in die Hirnwindungen. Ich wurde psychopenetriert. Wozu sollte das gut sein? Ich sagte ihnen, was sie hören wollten, und hatte dann meine Ruhe vor den Studierten. Die saßen einfach vor mir und guckten durch mich durch. Denen war ich doch mehr als egal.

Dann war ich zwölf. Draußen war eine unbekannte Weite. Dort hinaus wollte ich. Ich ging einfach. Mit dem, was ich am Körper trug, und unbändiger Gesellschaftsaggression wegen Heimrepression. Und ein paar Euro erpresstem Geld. Eine gammelige Zahnbürste nahm ich auch noch mit. Ich habe schon immer viel Wert auf Mundhygiene gelegt. Beziehungsweise bin ich vom Heimpersonal so dressiert worden, und durch diesen frühkindlichen

Stress habe ich einen Zahnputzzwang entwickelt. Trotz sonstiger vollkommener Verkommenheit.

Ich hing dann zwei Jahre mit Punks rum. Obdachlose bunte Jugendliche. Schnorren. Klauen. Dann saufen, kiffen oder schnüffeln. Mein Kopf, mein Bewusstsein betäubt. Das Draußensein bedeutete eine riesige Freiheit. Ich war ein guter Schnorrer. Erfolgreich im Nehmen. Sozialstaatliches Bekommen war ja nicht drin. Also der direkte Weg auf der Straße. Und ich merkte, dass geheuchelte Freundlichkeit einem Bierdosen einbrachte. Sehr oft wurde ich aber auch beleidigt oder zum Arbeiten geschickt oder ins KZ gewünscht.

Stress mit Bullen und Faschos gab's auch oft. Platzverweise von den Grünen und ein paar aufs Maul von den Braunen. Die Präsenz der Nazibande machte auf mich Eindruck. Scheiß auf Politik, aber die Frisuren waren geil und auch das Outfit fand ich super. Da sah alles so sauber aus, und ich sehnte mich nach Sauberkeit.

Wollte hygienische Richtlinien für mich. Das Chaos in meinem Kopf stellte mich auf harte Proben. Weg vom Buntschmuddel, war dann meine Entscheidung, denn ich brauchte gewaschene Alternativen, dachte ich. Und diese Alternative hatte sich gewaschen. Hinein in den deutschen Geist.

Ich entfernte mich also vom Punklager. Ging einfach nicht mehr zu den Treffpunkten, ignorierte aufgebaute Kontakte und Freundschaften. Suchte stattdessen Kontakte bei den Neonazis. Das war leichter als gedacht. Die waren ja überall. Die haben mich ja fast gesucht. Mit dem Anschluss an die Neonazibande hatte ich auch ein wenig Erfolg im Dasein. Verbunden mit einer deutschen Identität, die mir an und für sich scheißegal war, aber ich stand auf die Kameradschaft und verstand sie. Mein Aufgenommenwerden war für mich ein soziales Fest. Akzeptanz sondergleichen. Ihnen war egal, woher ich komme.

Man besorgte mir Klamotten, Bücher, die ich nicht verstand, und einen Rasierapparat für die Frisur. Beziehungsweise war es ein Apparat gegen die Frisur. Außerdem bekam ich Wohnrecht in einem Gebäude, wo viele von uns kleinen Neonazis gezüchtet wurden. Die kamen von überall und alle waren damit so zufrieden wie ich. Ein Musterbeispiel an Jugendarbeit. Die Neonazis kümmerten sich um mich und meine Belange wie Eltern, die an mich glauben.

Man wollte mir diese politische Meinung aufzwingen, und da ich bis dato keine solche hatte, nahm ich diese dankend an. Ich gewann 'ne Menge Feinde dazu: Ausländer, Juden, Kapitalisten, Hippies, Behinderte, schweinesystemverteidigende Polizisten, Linksradikale, Penner und sonstiges Gesindel, das nicht ins deutsche Weltbild passte. Ich schwenkte auf Demos 'ne Reichskriegsflagge, grüßte mit gestrecktem Arm irgendeinen Führer und war froh, wenn meine Kameraden mir Bier rüberwarfen und ich keine Sachen mehr gefragt wurde, von denen ich eh keine Ahnung hatte.

Zusammenstehen.

Alle miteinander.

Mit einem einzigen Gedanken. Es ist wirklich faszinierend, wenn über hundert Gehirne gleichzeitig einen einzigen Gedanken denken.

»Sieg Heil«, »Maul halten«, »Aufs Maul« und »Bier rüber« waren zu dieser Zeit meine wichtigsten und vor allem akzeptiertesten angewendeten Sprachfetzen. Ich war gut in dem, was ich tat, und bekam die notwendige Anerkennung, die mich aufrecht hielt. Mittlerweile war ich dann siebzehn geworden in dieser Gruppe. Ich war ein gepflegtes Arschloch mit Kurzhaarfrisur und Aggressionen fremdbestimmter Richtung. Nazischläger. Na und? Hauptsache, ich bin irgendwer. Irgendwas für irgendwen zu sein ist zu schwierig geworden, aber überhaupt irgendwer zu sein ist auch gut. Fühlt sich gut an. Wie geputzte Zähne.

In dieser Zeit tötete ich einen Menschen. Und viele verletzte ich willentlich. Man wird ja auch mal angegriffen und muss sich dann wehren. Das habe ich gelernt, weil ich ja einer von ganz unten bin. Und dann noch nach unten treten zu können, ist ja wohl die Erfüllung schlechthin. Bislang gab es niemand unter mir. Nur 'ne Menge über mir und irgendwas neben mir, was mich anekelte, weil es mir zu ähnlich war.

Meine Leiche im mentalen Keller entstand bei einer Massenprügelei. Ein schlafender Türke neben dem Bahnhof. Wir waren sieben. Sein Kopf danach nicht als solcher wiederzuerkennen. Ich glaube, ich gab ihm den entscheidenden Schädel zerteilenden Schlag. Eine Eisenstange in meiner Hand. Ich weiß, wie es klingt, wenn ein Schädel aufgeht, und das war so ein Geräusch nach meinem Schlag.

Ich wurde oft auch als Ordner eingesetzt bei Demos. Auftraggeber NPD. Die eigenen Jungs im Zaum halten. Aber Disziplin hatten sie meistens im deutschen Blut. In Reih und Glied marschierten wir durch Metropolen und Zwergenstädte. Trommler. Fahnenschwenker. Linientreue

Kumpels. Kameraden mit Blick in meine Richtung, die Interesse an meinem Fortbestehen zu haben schienen.

Außerdem war ich Wahlkampfhelfer oben genannter Partei in Sachsen. Für den Wahlerfolg wurden wir reichlich belohnt, aber auch danach war Politik nichts für mich. Die Straße, auf der ich gehe, ist meine Heimat.

Dann wurde mir weiterer Aktionismus angeboten. Was wegsprengen. Ein linkes Jugendzentrum, in dem Nahostler und Linkswichser sich gegenseitig Sex und Drogen anbieten. Schwule Judennigger allerorts. So ist es mir gesagt und angetragen worden. Da war ich dabei, das Ding zu zertreten. Um Ordnung in meinem Kopf zu haben, musste ich Ordnung in meinem Umfeld schaffen, und aus lauter Dankbarkeit für die zwischenmenschliche Zärtlichkeit der Auftraggeber ging ich mit und leider ...

... dabei auch den Bullen ins Netz. Alle Waffen und Sprengeinheiten wurden bei mir gelagert. Und bei uns war ein V-Mann von den Bullen eingestiegen. Unbemerkt von jedem. Mein Hocharbeiten hatte ein Ende, und die Polizei kam eines Morgens in mein Zimmer. Sie fanden alles, und alles war verboten. Nahmen mir meine Fahnen, meine Musik, die ganzen Waffen und den Plan zum Wegsprengen mit.

Was man nicht alles weiß, wenn man's vorher erfährt, nicht wahr? Aber ich habe ja kein Gewissen, nicht mal ein schlechtes.

Mad in Germany. Verrückt nach Deutschland sei ich, war der Richterspruch. Der Richter, der keinen Deut verstand von dem, was ich wirklich bin.

Ich kam in den Knast, und keiner meiner alten Kameraden sah nach mir.

Saueinsam.

Fast verreckend an der Saueinsamkeit, weil da doch kurz vorher was war, was mich lebendig hielt. Keiner kam. Nur mal ein Brief. Ich sei raus. Und sollte gefälligst die Schnauze halten über weitere Interna. Ich wusste aber einen Scheiß. Da mir Politik immer noch am Arsch vorbeigeht, habe ich mich ja auch nie für die um mich existierenden Zusammenhänge gekümmert. Mir fehlten die Menschen, nicht das, was sie taten oder dachten. Ideologien dringen nicht in mein Bewusstsein, weil ich sie eh idiotisch finde.

Die Knastzeit plätscherte so dahin. Mir kamen keine neuen Gedanken. Freundschaften hätte ich gerne gehabt. Bedingungslose Menschen um mich, die mich nehmen, wie ich bin. Ich war unauffällig.

Im Bau lernte ich dann Martin und Bernhard kennen. Unternehmer seien sie, sagten sie. So Leute, die Fahrgeschäfte aufbauen. Die herumreisen von Kirmes zu Kirmes. Dinge, die sich drehen und leuchten, faszinieren mich seit meiner Kindheit.

Mit den beiden verstand ich mich gut und sie verstanden mich. Wir hatten alle keine Meinungen zu irgendwas. Das war gut und unsere Gespräche waren belanglos. Irgendwann legten wir fest, dass ich dabei sei. Der neue junge Mann zum Mitreisen und Anpacken.

Nach meinem Knastaufenthalt und dem Abschluss mit meiner persönlichen Neonazitragik wurde ich dann also Schausteller. Kirmestypen sind grobmaschige Menschen und ich fand schnell Kontakt. Die Belanglosigkeit der Geräte. Verdrahten, schleppen, fluchen, saufen. Alles klar. Hier war heimatlich gut.

Martin und Bernhard gehörte ein Kettenkarussell. Und ich zum Aufbauteam. Und den beiden meine Freundschaft. Ich merkte, dass meine Hände doch geschickter waren, als ich dachte. Grob- und Feinmotorik und gnadenloses Überlegen waren vonnöten, und anfangs war es schwer, aber Martin und Bernhard gaben sich mit mir viel Mühe. Die Ketten am Karussell zu entwirren war eine meiner ersten Aufgaben.

Es fand vollständige soziale Integration statt und ich fand die Freiheit im Kettenkarussell.

Sex und Gegensex

Dem Manne meines Alters wurde traditionsmäßig ins Denken gepflanzt: Haus bauen, Kind zeugen, Baum pflanzen. Hab ich alles getan und doch ist alles anders als gut. Vielleicht bin ich zu traditionell für mich selbst? In meinem Kopf explodieren fröhlich Fragen. Außerdem drehe ich mich.

Denn meine Söhne und ich besuchen die Kirmes. Wir zirkulieren um einen Metallstamm, nur jeweils von vier Ketten gesichert. Wir schweben überirdisch und meine Kinder freuen sich. Ich bin traurig, weil sie nicht die Wahrheit über mich wissen. Die beiden sind noch zu schutzbedürftig für die wirklich wahre Ware Wahrheit. Die kann ich ihnen noch nicht verkaufen. Meine Zeit rennt mir weg. Tim und Kevin sind sechs und acht.

Um mich herum Gejohle und besoffene Freude. Licht und Geräusch sind hell und laut und alles andere kann man hier tun, als sich Gedanken zu machen. Mein Kopf ist schwer. Ich lüge mich an. Ich lüge alle an. Ich drehe mich im Karussell aus Feig- und Dummheit.

Unten steht die, aus deren Schoß die Kinder gestiegen sind. Die kleinen Leben sind verklebt aus Petra rausgekrochen.

Die Mutter.

Ihre Mutter.

Meine Frau.

Auch sie weiß nichts. Sie ahnt nichts. Vielleicht rennt auch schon ihre Zeit weg. Sie hat so viele wunderbare Eigenschaften.

Irgendwo in der Nähe von Sevilla liegt ein Typ im Krankenhaus und stirbt an Aids. Er heißt Fernando Goringas. Den habe ich auf meiner letzten Geschäftsreise kennengelernt. Er war Kellner und brachte mir und meinen Arbeitskollegen Stierhoden. Wenig später ging es um Menschenhoden. Um seine und meine. Unsere Zungen an denselben. Die Lust durchflutete ein spanisches Hotelzimmer. Ich in ihm. Er in mir. Überall der Geist internationaler Erregung.

Dann kam ich zurück nach Deutschland. Mit der Verdrängung von Senior Goringas.

Der kam erst wieder in meinen Kopf zurück, als eine Routineblutuntersuchung mir ins Gesicht schrie: HIV POSITIV.

Das ist jetzt auch schon vier Monate her. Meine Feigheit kotzt mich an.

Meine Frau muss ich mir seitdem mit Lustlosigkeit vom Leib halten. Ich weiß, dass sie deswegen fremdgeht. Sie bemüht sich nicht mal mehr, es vor mir zu verheimlichen. Aber für unsere Kinder sind wir immer noch Mama und Papa.

Wir Schweine.

Wer weiß schon, wann er wie stirbt, denke ich im Kettenkarussell, den ich mir als Schleudersitz in die Wahrheit wünsche. Meine Jungs lachen. Würden sie auch noch lachen, wenn sie wüssten, dass ihr Vater ein tödliches Virus in sich trägt, das er nur seiner obszönen Geilheit verdankt.

Ich bin nicht mal schwul. Ich wollte einfach nur meinen Schwanz in was Warmes halten.
 Zufällig Aids.

Petra winkt.
 Einfach die Kette vom Karussell lösen und wegfliegen ... über die Losbude und keinen Hauptgewinn und egal wohin, nur weg.

Ich bleibe sitzen und warte das Ende der Fahrt, wie auch das meines Lebens, einfach ab.

Szörti

Eine Ansammlung schlechter Eindrücke erwirkt einen kleinen Brechreiz. Nahrung auf der Flucht vor mir, ich kann sie im Hals gerade noch bremsen, denn ich bin in der Öffentlichkeit. Eine Ü-30-Party auf dem Land in einer Disco mit Namen »Allstar«. Natürlich, alle Stars hier. Alle super. Alle tanzen zu Kackmusik.

Ü-30, wie schlecht eigentlich. Ü wie übel, ünterste Schublade und üben, üben, üben. Das Leben habe ich immer geübt. Da waren einige Ernstfälle, aber der eigentliche Ernstfall, der persönliche Super-GAU, ist das Man-selbst-sein-und-sich-selbst-überlassen-Sein. Da stehe ich mit meiner verheirateten Freundin Petra und muss fast kotzen vor Angst, ungefragtem 80er-Jahre-Pop – als ob anständige 30-Jährige so was hören wollten! – und einem Rudel seltsamer Typen. Eine Koalition der Sonderlinge.

Das Altern ist nur ein Gedächtnis der Unvernunft. Die Jugend verschwand in einem Tuch. Jemand hat sie weggeputzt, diese Unbeschwertheit. Und nun ist da Flügelnot. Es zieht einen auf den Boden. Ein jugendliches Herz wächst nicht nach. Nur der alte, leidige Brocken bleibt und schlägt schleifend in einem herum.

Pock, pock, pock.

Beständigkeit versus Vergänglichkeit.

Ein Typ kommt auf uns zu. Aus den Boxen viel zu laut die Stimme von Boy George. Der Auf-uns-Zukommer scheint betrunken. Bebend vor Culture Club: »Do you really want to hurt me, do you really want to make me cry?« Sieht ganz so aus, als wolle er genau das mit uns tun. Dann steht er vor uns. Stinkend vor guter Partylaune mit einem Mittelklaselächeln.

Der Typ fragt, ob eine von uns Lust zum Tanzen habe. Petra ist sich für nichts zu schade und geht mit. Sie hat Probleme mit ihrem Ehemann. Da läuft nichts Sexuelles mehr, nur schwerwiegendes Schweigen und nebenbei sind da zwei Kinder. Also nimmt Petra das Obst auf, das von den Bäumen fällt. Ich starre in die Tanzmenge und fühle Verlorenheit.

Habe weder Lust auf Alkohol noch auf Gesellschaft. Ich distanziere mich gern von vielerlei. Aber ich tue Petra diesen Gefallen, denn es ist ihre Party. Sie kommt gern hierher und macht Männer klar.

Eigentlich will ich aussteigen. Südeuropa. Ein Haus am Strand, und alle können mich mal. Den Rest des viel zu schnellen Lebens abgammeln. Nichts mehr tun, außer Eindrücke zu bekommen.

Ohne Verpflichtung.

Ich denke so an mein Leben. Da ist der Job als Arzthelferin. Und die Freizeit ist das hier. Schlechte Menschen mit schlechten Klamotten in schlechten Discos. Ich werde langsam zu alt für das. Ich muss hier weg.

Das Schönste, was ich an meinem dreißigsten Geburtstag getan habe, war, meinen Fernseher aus dem Fenster auf die Straße zu werfen. Ich habe mir auch keinen neuen gekauft, denn dieses Statement wollte ich gern so stehen lassen. Es hat keinen gestört, dass da einfach so ein TV-Gerät auf die Straße knallt. Weder Lärm noch Müll. Die zarten Menschen meiner Nachbarschaft sind so kraftlos. Schlimm eigentlich.

Wir hören Depeche Mode, was für ein grober Unfug, The Cure, zum Beruhigen ganz gut, Pet Shop Boys – ich kann nicht mehr! – und anderen Schrott, die man damals als Jugendliche schon im Radio gern überhört hat.
　Ich beobachte eine krass betrunkene Frau. Ihr ganzes Gesicht ist voller Narben und sie ist so breit, dass sie kaum gehen kann. Sie ist verdammt hässlich und hat erstaunlich gute Laune. Irgendwann hängt sie neben mir rum und bestellt sich hochprozentigen Schnaps. Plötzlich steht auch neben mir ein hochprozentiger Schnaps, von der Narbenfrau dorthin platziert. Dann höre ich ihr zu, wie sie mir eine verstörte Geschichte ins Ohr lallt. Ihr Vater ist wohl schuld an ihrer Gesichtsbehinderung und wird bald sterben, und dann ist alles gut. Aha, denke ich, ziehe mir den Schnaps rein und denke weiterhin, dass es schon seltsame Existenzen gibt. Ich wünsche der Narbenfrau alles Gute und bedanke mich artig für das Schnapsding, das sich in meinem Gehirn dreht.
　Ich suche Petra in der Menge. Sie wird umtanzt von vier dummen Bauern. Eine Art Begattungstanz zu einer Band namens Erasure. Waren die 80er wirklich so scheiße, musikalisch gesehen? Wie es scheint, schon. Die Bauern haben um Petra einen Kreis gebildet, Petra hat gut einen auf und flirtet auf Teufel komm raus. Und der kommt raus, wartet nur ab.
　Jetzt will ich auch mal gute Laune haben. Das sind hier nicht meine Leute, aber ich kann ja mal gucken, zumindest sekundenweise Spaß zu haben. Da kommt einer an.

Mit zwei Getränken. Stellt eins neben mich, die Ausgeburt eines Proletencocktails. Er stellt sich vor, heißt Günther, ist Landschaftsgärtner und Single. Ich lüge ihn ein wenig an und bin irgendwann Anwältin von McDonald's. Er schnallt es nicht. Wir beginnen eine vollkommen unglaubliche Unterhaltung. Er erzählt mir vom Fußball, von Mutterboden und von seiner Mutter. Er kann mir nicht in die Augen sehen. Er fühlt sich klein und für ihn ist es schon ein Erfolg, neben mir ein Getränk zu haben. Ich baue Pseudovertrauen auf. Günther nimmt jedes Signal dankbar an. Jetzt beginnt er mich anzufassen. Seine klebrigen Finger auf meinem Unterarm. Bah! Aber jetzt kommt meine Vergeltung. Ich fahre ihm durch die Haare und kraule zärtlich seinen Nacken. Jetzt will er mich küssen, doch so weit lasse ich es nicht kommen, frage aber: »Hast du Lust, mit mir zu schlafen?« Geilheit im Auge bei ihm. Das ganze, ihm zur Verfügung stehende Blut läuft in seinen dummen Schwanz und er stottert: »Ja, eh, ja klar!« »Kann ich mir vorstellen«, sag ich, trinke meinen Cocktail in einem Zug aus und verschwinde aus seinem Blickfeld. Der Landschaftsgärtner fällt in sich zusammen.

Das finde ich mehr als lustig.

Ich gehe zum Klo. In einer der Klozellen wird gefickt. Ich erkenne Petras Stimme. Sie lässt sich von einem Bauern ficken. Wie schön. Ich schaue mich im Spiegel an. Mein Gesicht wird auch immer älter.

Irgendwann fahren wir nach Hause. Was mich und meine Freundin unterscheidet, ist die Definition von Spaß, den man mit dreißig noch haben kann.

Wir fahren durch die Nacht. Günther wird sich in zwei Tagen umbringen. Er wird ein Seil um einen Baum spannen, es durch seinen Kofferraum ziehen, um seinen Hals winden und dann Gas geben ... und gespannt sein, in welchen Gang er denn kommt.

Das hat er mir eigentlich erzählt.

Der Typ ist so alt wie ich.

Schlachtfest

> ... *we came back*
> *to the town*
> *saw toreros*
> *and we drowned our love*
> *in the blood we saw*
> *(fiesta!)* ...
> Phillip Boa and the Voodooclub – »FIESTA!«

Stiertier bin ich. Ein starkes Stück Fleisch mit intensiven Instinkten und Gedanken.

Da wurde ich sommertags im Mutterblut auf eine Wiese gepresst, ohne danach gefragt zu haben, nur weil irgendein geiler Bulle irgendwann meiner Mutter sein Genital auf- und hineinzwängte.

Da war ich dann und Zufriedenheit erst mal meine Kindheit. Gras essen, Wasser trinken, Sonne genießen. Südspanien ist wunderschön zu jeder Jahreszeit. Ich war ein glückliches, verspieltes kleines Tier.

In der Nähe dieses Gebirges, das Spanien von Portugal trennt, waren unsere Wiesen, und wir waren viele. Sehr viele. Vielleicht könnten wir eines Tages die Welt beherrschen, dachte ich immer zwischendurch. Eigentlich taten wir das ja, denn unsere Welt reichte von unserem Standpunkt aus nur bis dahin, wohin wir blicken konnten. Auch der Horizont war unser und das Rote am Himmel und sowieso alle Sterne, die man nachts bewundern kann. Aber da waren auch immer Zweifel, ob das, was wir sehen, alles war. Oder war da doch mehr, jenseits der Weite unserer Blicke?

Die Kindheit also froh verbracht im Mutterschatten und alles, was wir hatten, war gut und natürlich und lebenswert. Dann erkannte ich Menschen. Menschen verstand ich nie. Menschen, die am Wiesenrand standen und uns beim Spielen zuschauten. Sie standen nur da und bewunderten unsere Macht und Stärke, die die jungen Tiere präsentierten, und die positive Arroganz und Erhabenheit unserer Väter und Mütter. Wir waren unantastbar, bis ...

... ich bemerkte, dass diese Menschen hin und wieder unsere Wiese betraten. Nicht allein, sondern meistens gleich rudelweise stürmten sie unsere Grasfläche und gingen zielstrebig auf junge Genossen los. Schossen mit Rohren nach ihnen und wenn sie trafen, wurden die Genossen müde und legten sich irgendwann in die Sonne zum Schlafen. Dann zerrten die Menschen die Jungtiere an den Hörnern nach draußen, hinter den Zaun, wo sie sonst immer standen und nur schauten. Seltsam, diese Menschen.

Wenn die Genossen dann außerhalb des Zaunes zum Liegen kamen, kam etwas Lautes. Es war groß und von merkwürdiger Gestalt. Länger als hoch und laut und stinkend. Vorne drin saßen meist zwei Menschen, die blöd lachten.

Hinten war ein großes Loch, in das sie die müden Genossen schafften, und dann machte sich dieses laute Ding auf den Weg Richtung Horizont und verschwand irgendwann ganz. Ich begriff, dass Weltbeherrschen eventuell doch schwierig war, erstens, weil die Menschen das vielleicht auch wollten, und zweitens, weil es hinter dem von mir erschlossenen Universum noch mehr zu geben schien als das, was ich mit meinem verfickten Rindergehirn zu begreifen imstande war.

Drauf geschissen, dachte ich zunächst und lebte mein Leben unbeschwert weiter, um nicht traurig zu werden. Die abgeholten und in dem seltsamen Hohlraum verschleppten Genossen bekam ich nie wieder zu Gesicht. Niemand von uns sah sie je wieder und es gab die wüstesten Theorien auf der Wiese, wo man sie wohl hinbrachte und was aus ihnen wurde.

Einige glaubten, die Verschleppten würden zu Gottheiten erhoben und kämen auf andere Weiden mit grünerem Gras. Meines Erachtens wurden aber zu viele und zu oft welche abgeholt, um diese Theorie als stimmig erscheinen zu lassen. Gottheiten sind doch was Besonderes, aber auch Idioten wie Sergio wurden müde geschossen und verschleppt ... und dieser blöd sabbernde Bulle eignete sich wohl kaum als anbetungswürdiges Tier.

Andere Genossen meinten, die Menschen seien unsere Götter und machten uns zu Opfern. Das Ganze sollte nur verhindern, dass wir zu viele wurden, irgendwann auch nach Macht strebten und die Menschengötter außerhalb der Zäune überrannten. Andere hatten gar keine Meinung und das waren immer die fröhlichsten Jungtiere auf unserer Wiese.

Ich hingegen hatte deswegen viele Krisen, weil ich mir auf die Menschen keinen Reim machen konnte. Sie kamen, holten ab und verschwanden Richtung Horizont, wo manchmal noch Lichter aufblinkten. Vielleicht sollte es einfach nicht meine Welt sein, sich so sehr zu sorgen, aber diese Gedanken kamen immer wieder. Häufig dachte ich sie auch gedankenlos, also ohne irgendeinen Anlass. Die Denkmuster kamen einfach, eroberten meinen Kopf und richteten Unruhe an. Dann rannte ich eine Weile von Zaun zu Zaun zu Zaun zu Zaun, um diese Gedanken wegzumachen. Ich konzentrierte mich dann nur aufs Rennen und nicht auf irgendwas in meinem Kopf, was ich nicht begreifen konnte. Wahrscheinlich nie begreifen würde. Doch die Gedanken kamen immer zurück. Und vorbei war die Kindheit, und Lebensernst fickte mein Gehirn.

Ich hingegen fickte gerne weibliche Kälber. Junges Fleisch mit breitem Becken hinten. Das war gut und machte auch Gedanken weg. Meine Jugend hatte schon begonnen, und irgendwann bekamen auch die Kälber Kälber. Und es war ein Segen, daran beteiligt gewesen zu sein.

Eines sehr heißen Tages standen erneut Menschen am Gatter. Instinktiv verspürte ich, dass sie heute mich im Visier hatten. Ich wusste mal wieder nichts, als sie die Wiese betraten und zu fünft auf mich zugingen. Langsam und mit Bedacht liefen sie zunächst als Gruppierung, dann trennten sie sich, aber alle bewegten sich weiter auf mich zu. Die Menschen hatten Rohre dabei. In ihren Blicken war etwas sehr Beängstigendes, und so erhob ich mich vom Gras und rannte erst mal los, neben mir die Angst und hinter mir die Menschen. Plötzlich dann ein Schmerz und leichter Blutaustritt an meinem Hals. Es begann diese Müdigkeit, gegen die ich nicht mehr anrennen konnte. Durch meinen ganzen Körper fuhr eine

Schwere, die ich bislang nie gespürt hatte. Meine Angst hatte mich bereits über- und die Menschen mich eingeholt. Das Letzte, was ich dann sah, waren die tränenfeuchten Augen meiner Eltern und meiner Kinder. Ich war dran. Sie holten mich. Sie hatten mich. Ich entschwand, erregt von unbekanntem Schwindel, in erhabenen Schlaf.

Als ich mit elenden Schmerzen erwachte, war ich umgeben von Stangen. Eine Wiese für mich ganz allein, aber begrenzt auf die Ausmaße meines Körpers. Unter mir kein Halm Gras, sondern Holz. Ich versuchte aufzustehen, war aber zu schwach und zu verwirrt, um mich überhaupt koordiniert zu bewegen. Dies ist der Himmel, flüsterte eine Stimme in mir.

Eine sanfte Stimme war das, betörend und verführerisch, und nach dem anfänglichen Schmerz begann ich wieder etwas Kraft zu schöpfen. Vor mir war ein Gatter, das erkannte ich. Außerdem schien über mir die Sonne zu sein. Ich atmete einige Male heftig durch und versuchte noch einmal aufzustehen. Diesmal gelang der Versuch, und ich stand auf meinen vier Beinen und schrie. Nichts passierte. Ich hörte Menschen, ich roch Menschen. Menschenschweiß. Viele Menschen. Ich schien jedoch das einzige Tier zu sein, wenn ich mich noch auf meine Witterung verlassen konnte. Ich hob meinen Kopf, immer noch leicht benebelt und trunken vom betäubten Schlaf, um einen Blick über das Gatter zu tun und erblickte ...

... Menschen in Massen. Ein Menschenfest. Sie waren alle sehr laut und in einem Halbkreis angeordnet. Alles war bunter und lauter, als es mein Rindergehirn wahrnehmen konnte. Du bist der Gott der Menschen, flüsterte es nun sanft in mir, du bist es, deswegen bist du hier, deswegen sind auch alle Menschen heute hier. Alle Menschen dieses Universums waren heute hier, um mir zu huldigen. Ich war Gott. Meine Schmerzen ließen nach, denn mein Bewusstsein hatte mich erhaben gemacht.

Und da stand ich nun auf meiner alleinigen Wiese, den Blick auf die Menschenmasse gerichtet, die mir zujubelte. Vor mir war ein großes Sandfeld zu sehen. Darauf befanden sich auch Menschen mit seltsamen Tüchern und Stangen in ihren Händen. Raus hier will ich, mir huldigen lassen! Ich versuchte, das Gatter mit meinem Kopf zu spalten, was mir aber nicht gelang. Es blieb verschlossen. Irgendetwas in mir, ein bislang unbekannter Trieb, verlangte von mir, dieses große gelbe Feld zu betreten und mich von den Menschen bewundern zu lassen. Die Menschen bekamen mit, dass ich meine holzgrundierte Solowiese verlassen wollte, und wurden noch lauter als zuvor. Ich schnaubte und schrie. Man sollte mich endlich befreien.

Der Schmerz war ganz weg und Adrenalin und reines Stierblut erfüllten meinen Körper. Glück war auch dabei, und diese ganze Triebmixtur machte mich rasend. Aufbäumend. Huftretend. Kopfschlagend. Öffne man das Tor und lasse man mich zu ihnen, schrie es in mir.

Und genau das taten sie dann. Hier kommt der neue Gott zu euch. Das Gatter wurde von Menschenhand geöffnet, und als ich die Freiheit spürte, mich nach vorn bewegen zu können, nahm ich meine ganze Kraft zusammen und rannte der tobenden und jubilierenden Menschenmasse entgegen. Die gab vor Ekstase, angefacht durch mein strahlendes Antlitz, den höchsten Geräuschpegel von sich, den ich jemals vernommen hatte. Alle Menschen. Hier. Für mich.

Die auf dem Sandfeld befindlichen Menschen machten angespannte Gesichter, als sie mich rennen sahen. Aber das war mir erst einmal egal und ich begann die Grenzen der Sandwiese wahrzunehmen, indem ich herumrannte und überall, wo ich Zäune sah, hinter denen sich Menschen tummelten, kehrtmachte.

Meine ganze Kraft erblühte wie der Frühling schlechthin, ich hätte stundenlang im Kreis und ohne bestimmten Weg auf diesem Gelände herumlaufen können. Ich war in freudiger Erwartung, was denn nun käme. Und erst mal kam gar nichts.

Ich bemerkte lediglich, dass die drei Menschen auf der Sandwiese sich von mir zu distanzieren versuchten, sobald ich ihnen zu nahe kam. Sie schwenkten ihre reizvollen Tücher als Begrüßung und tanzten und rannten wie ich. Ein Fest.

Ein Fest. Ein Fest.

Für mich. Für mich.

FÜR MICH!!!

Nähern wollte ich mich den Menschen. Ihren ganzen Tumult begreifen, den sie hier um mich veranstalteten. In Menschennähe gab es aber nur Erstaunen und nichts weiter. Irgendwann wollte ich nicht mehr rennen, sondern wissen, was es mit den drei speziellen Menschen, die mit mir auf dem Sandgrund tanzten, auf sich hatte. Aber immer wenn ich ihren Weg kreuzte, schwenkten sie ihre Tücher und ließen mich vorbei. Wahrscheinlich hatten sie Angst vor meiner Erhabenheit und Kraft, war irgendwann mein Eindruck. Ich sollte mich ihnen auf eine weniger aggressive Art nähern.

Ich blieb also vor einem mit Menschen gefüllten Rang stehen und es regnete Stimmen um Stimmen in mein Gehirn. Die Menschheit völlig außer sich hinter mir lassend, stolzierte ich auf einen dieser drei herumstehenden Reiztuchschwenker zu. Stille. Plötzlich Stille. Menschen- und Rinderaugenpaar begegneten sich für Sekunden. Dann ...

... Schmerz. Der Mensch hatte etwas nach mir geworfen, was nun in meinem Leib steckte und schreckliche Schmerzen beim Gehen verursachte. Ich taumelte. Außer mir. Schreiend. Taumelnd. Blutend. Stark blutend. Das geworfene Ding steckte direkt in meinem Herzmuskel, denn bei jedem Herzschlag pulsierte Blut aus meinem Körper und verursachte eine Hölle von Unaussprechlichkeit und wahrhaftiger Undenkbarkeit in mir. Die Wahrnehmung schwand im Takt des Blutschwalls und ich fiel zu Boden. Die drei Menschen kamen auf mich liegendes, todesnahes Geschöpf zu. Alle hatten Rohre dabei und stießen sie in meinen Leib. Ich vermutete meinen Tod, spürte ihn anklopfen. Ganz nah. Kalt wurde es in mir, um mich. Alles kalt und anders als zuvor. Kein Menschenschrei mehr in meinen Ohren, nur noch mein Blut, das sich vornahm, mich komplett zu verlassen. Rohre im Hals, in fast allen Organen und mein Blut überall auf dem Sand.

Das sind die Menschen, dachte ich noch vor meinem Dahinscheiden. Da töten sie mich zu ihrer Belustigung. Jetzt kenne ich das Geheimnis ... und es ist widerlich.

Was ich dann noch sah, war ein junger Mensch, der sich zu mir herunterbeugte. Er hatte etwas in der Hand und entfernte meine Genitalien damit. Auch da war noch viel Blut, das mich verließ, und der Mensch hielt das hoch, was mal meine Potenz war. Da war aber dann schon kein Schmerz mehr, sondern nur noch Trauer, bevor alles dunkel und leise wurde. In meinen Augen verschwand der Realismus. Dem Leben entgleitend, dachte ich an das, was mal meine Gedanken waren.

Aber ich sah sie alle wieder …
 … die, die gut zu mir waren, …
 … und wir versenkten unsere Liebe in unserem Blut!

Das Scherbenmädchen

Ich sitze in einem Straßencafé. Trinke dort Mineralwasser. Es ist Sommer. Ich hasse Sommer. Man schwitzt und muss sein rotes Gesicht jedem zeigen. Typen gucken auf die Makellosigkeit der Frauen. Glatte Haut, dünner Bauch, Designerhaare, Tattoos an den richtigen Stellen, eine Bewegung im Minirock, ein enges Shirt, und die Typen drehen durch. Bei mir leider nicht. Leider gucken Männer auch in Gesichter. Meins mag ich keinem zeigen. Es ist kaputt. Zerrissen. Vernarbt. Gerötet. Entzündet. Verdorben. Verwelkt. Befallen. Gefaltet. Unbrauchbar zum Schönfinden.

Es war ein scheinbar dummer Unfall. Ich war ein Kind. Ein großes Haus. Ich suchte meinen Vater in diesem Haus. Der hätte in jedem Raum sein können. Davon gab es viele. Ich rief. Keine Antwort. Ich rief. Nichts. Stille im Haus. Dann kam ich ins abgedunkelte Wohnzimmer. Im Radio lief Klaviermusik, irgendwas von Chopin. Mein Vater saß vor dem Küchentisch, auf dem eine fast leere Flasche Wein stand. Daneben noch mal drei Flaschen Wein. Es roch nach Alkohol, Schweiß und Tränen. Mein Vater verbarg sein Gesicht in seinen Händen. Das tat er häufig. Ich hoffte, ihn mit meiner Anwesenheit zu beglücken. Kleine Trostspende der kleinen Tochter. Mein Vater war alles andere als begeistert, als er mich neben sich stehen sah. Er schlug mir ins Gesicht und stieß mich weg. Überrascht darüber verfiel ich in einen Taumel. Meine Beine fühlten sich nicht mehr verantwortlich für die Aufrechterhaltung meines Körpers. Mein Kinderkörper fiel durch die Glastür und ich auf den Boden in einen Haufen Scherben. Mit dem Gesicht voran. Blut war da und Schmerz und mein Vater dann bei mir, um mir Trost zu geben. Splitter überall. Die ganze Haut aufgerissen. Das Gesicht fast abgerissen. Blind zunächst.

Dann viel Krankenhaus- und Rehabilitationsangelegenheiten. Es wurde genäht, Haut vom Po ins Gesicht gepflanzt, Haut von Toten eingesetzt, die mein Körper abstieß. Da waren Löcher, tiefe Furchen. Narben, die so böse aussahen und mich so böse ausschauen ließen, wie ich niemals werden könnte. Furchteinflößend für mich selbst. Spiegel wurden meine Feinde. Sie sind es bis heute.

Frauen ohne Spiegel sind unvollständige Geschöpfe. Und aus dieser Unvollständigkeit heraus denken sie böser und tiefer als ihre glatten Artgenossinnen. Die Schönen müssen nicht so tief gehen. Ihnen fliegen die Kontakte zu, die Liebe schwirrt um sie wie ein Schwarm irrer Mücken.

Mein Vater litt unter dieser Sache. Ich log zunächst verzeihende Worte, die er dankend entgegennahm. Dann, als Pubertät und junges Erwachsensein, Sexualtrieb und Jugendwirren einsetzten, wurde das Egalgefühl, das ich gegenüber meinem Vater empfand, abgelöst von trockenem Hass. Ein Hass dem Entsteller. Dem Vergewaltiger meiner Jugend.

Auf Partys war ich die Lachnummer. Meine Narben machten Jungs kotzen. Einige spielten an meinen Brüsten herum und fingerten an meiner Vagina, doch ernsthaft wollte niemand was von mir wissen. Mädchen sind immer auch Prestigegewinn für die Boys und mit mir konnte man einen Scheiß gewinnen. Nur Ablehnung. Ich wurde Außenseiterin mit wenig Freude. Ich tauchte zwar auf allen Partys auf, doch jedes Mal gab es was auf die Opferrolle. Die Bestätigung meiner Hässlichkeit, eingebettet in verbale Dummheiten. »Bügel dir mal die Fratze, Alte!« – »So jung und so hässlich.« – »Wer dich fickt, dem musst du aber mindestens 'nen Hunni zahlen.«

Das hab ich auch irgendwann mal gemacht, nur um zu checken, wie es ist, wenn einer von diesen Dummbacken in meinem Körper steckte. Auf 'ner Bauernparty hab ich mir den besoffensten Bauerndeppen rausgesucht und ihm hundert Euro für Sex mit mir angeboten. Er hat mitgemacht. Dann hat er mich brutal und orgiastisch entjungfert. So wie ein betrunkener Bauer ein Weibchen beschläft. Er das Tier und ich die Empfängerin des wundgefickten Wahnsinns. Es war wunderbar und die Kohle wert.

Als er am nächsten Morgen aufwachte, neben mir liegend, und in mein Gesicht sah, kotzte er erst mal mein Bett voll. Wegen des Alkohols und meinetwegen. Das hatte ich schon fast so erwartet. Dann ging er wortlos gekränkt. Der Bauerndepp ließ nur einen ganz kranken Duft hier. Er war echt sauer, dass ich entstellt war. Anders als in seiner alkoholisch beeinflussten Vorstellung.

Ich fand glücklicherweise Arbeit als Übersetzerin. Spanisch. Französisch. Griechisch. Auf all diese Arten würde ich gerne mal ficken. Aber keiner da.

Ich reise viel. Unter anderem immer wieder gerne nach Spanien. Da war es heiß, und ich trug Kopftücher und Gesichtsschutz. Auch da saß ich viel in Cafés, um Leute anzugucken. Ich wurde sogar angemacht von jungen, wilden, dunkelhaarigen Männern. Sie luden mich zum Stierkampf ein. Ich sah ein blutendes Tier, dem der Sack abgeschnitten wurde. Sie füllten mich ab. Ich ließ es geschehen. Dann waren wir in irgendeinem Hotel. Alle wollten mich beschlafen, denn ich trug noch Gesichtsschutz. Sie hatten noch nicht mein Gesicht gesehen. Als der Schleier fiel, setzten sie mich vor die Tür. Sie traten in meinen geschundenen Leib, als ob ich die alleinige Schuld für ihre unerfüllte Ficklust trüge. Dieses Männergesindel ist gedanklich so kaputt. Wenn sie ihren Schwanz nicht in was Warmes halten dürfen, flippen sie gleich völlig aus.

Jetzt in Deutschlands Cafés ist es genauso. Nur trage ich mein Gesicht öffentlich, weil ich weiß, dass ich es nicht ändern kann. Ich bin eine öffentliche Wunde. Als Anregung für Diskussionen: »Was für'n Unfall mag die wohl gehabt haben?« Oder einfach nur als Ekelmerkmal:
»Mama, das Gesicht von der Frau sieht aus wie Hackfleisch. Mama, gibt's heute Abend Hackfleisch?«
»Nein, du bist zu fett.«
»Mama, bitte!«
»Na gut.« Scheiß Kinder. Scheiß Eltern.

Ich tu so, als ob ich telefoniere, denn neben mir hat sich 'ne Gruppe Jungmänner niedergelassen, um sich Bier zu ordern. Ich rede spanisch in den Hörer. Rolle ein erregendes »R« nach dem anderen in der Gegend herum. Vielleicht fährt ja einer darauf ab und spricht mich an. Ich rede und rede, wechsel vom Spanischen über Griechisch ins Französische. Keiner merkt's. Ich quassel mein Telefon voll. Am anderen Ende der Leitung: niemand.

Irgendwann lege ich mein Dummhandy neben mir auf den Tisch. Ergriffen von melancholischem Schwindel. Dann klingelt das Telefon tatsächlich. Ein sehr fremdes Geräusch. Es ist meine alte Mutter. Mein Vater stirbt. Wahrscheinlich noch heute.
 Ich bestelle Sekt.

Der Weg weg

Ich hab mein ganzes Leben nur geatmet.

Da liege ich jetzt. Die Fähigkeit der selbst gewählten Bewegung eher eingeschränkt. Ein Krankenbett. Station A5, Zimmer 65. Und ich weiß, hier gibt es keinen Weg mehr raus. Meine letzte Reserve Leben wird an diesem Ort ausgehaucht. Ich warte auf das Ende. Manchmal sehr ungeduldig. Es reicht auch.

Mein Leben als Statistik liest sich so langweilig wie ein Buch von Hera Lind. Fünfundneunzig Jahre alt, seit sieben Jahren zieht der Krebs Metastasenstraßen durch meinen Leib, eine Ehe, aus der vier Kinder resultierten, zwei Weltkriege, davon einmal mit Kampfbeteiligung meinerseits, vier Jobs bei zwei Arbeitgebern – die Zeiten, in denen ich arbeitete, waren golden! – und unendlich viele Atemzüge auf dem Weg ins Sterbezimmer. Da liege ich jetzt.

Neben mir zwei schon Sprachunfähige. Auch sie warten auf ihr Ableben. Der eine starrt an die Decke und manchmal, wenn er glaubt, der nächste Atemzug sei sein letzter, faltet er schleunigst die Hände, damit er auch betend aussehend in die Obhut Gottes kommen kann, der ihn dafür bestimmt auslacht.

Der andere bewegt sich eigentlich gar nicht und man hört auch keine Atemgeräusche. Offenen Auges und verwelkend. Seine Haut krümmt sich nach innen oder will runter vom Körper. Auch in ihm sind Fremdzellen, die ihn fressen. Er kackt sich stündlich voll und wird von der groben Schwester gereinigt. Sie behandelt ihn, als würde sie eine Bank waschen. Würdelos, aber pflichtbewusst. Der nasse Lappen klatscht auf die faltige Haut und zerreibt die Scheiße darauf. Der Stuhlinkontinente schließt dabei die Augen und lächelt. Wahrscheinlich stimuliert ihn dieser Mist.

Daneben liege ich. Ständig bemerkend, wie in mir negative Zellen meine Organe auffressen. Schmatzend greifen sie sich Leber, Nieren und Lungenflügel und dinieren den ganzen Kram aus mir raus. Ersetzen das dann durch Schmerz, der vom medizinischen Personal wiederum durch Morphium ersetzt wird. Diese Injektionen sind die Liebe des Mannes auf der Grenze zum Finale. Alles wird dann leicht und manchmal auch bunt. Die lächelnden Schwestern sind so voller Güte.

Ich denke nicht mehr viel an mein Leben. Es war gut, erfüllend. Und reichhaltig. Eine Familie. Eine Arbeit. Meine Frau. Die Kinder. Alles hatte seine Glanzseite und seine Schmierseite. In baldiger Gegenwart des Todes aber verblassen die schlechten Gedanken und das Dasein wird erfüllt von Güte. Inspiriert vom Morphium.

Ein Leben, unterbrochen von den Wirren des Krieges. Die Bestie Stalingrad dreiundvierzig verfolgt meine Sinne zwar bis hierher, aber ich weiß, dass ich dieser Hölle entkommen bin. Der Weg zurück aus schneidender Kälte hat mich viele Freunde und fast einen Fuß gekostet. Aber ich habe es geschafft. Die Erinnerung ist prägnant.

Ich hatte keine Munition mehr. Sie waren zu dritt. Ich wusste, ich musste sie töten. Schoss ihnen Leuchtkugeln in die Körper. Verbrennen und verbluten gleichzeitig, es hatte minus dreißig Grad, und es war ein herzerwärmender Anblick. Ich weinte zwei Tage in verschiedenen Schützengräben. Der Krieg ist eine Hure, niederträchtig und bunt. Der Krieg hat uns alle leer gemenscht. KaputtgeKRIEGt hat uns das Spektakel. Der Krieg, das Schwein – der Soldat, das Schweinefutter.

Mit dem Wissen, das überlebt zu haben, ging mein Leben von da ab einfacher. Die Schwingungen der Schüsse, die mich nicht trafen, machten mich lächeln. Die Dankbarkeit für bewusste Atemzüge war in mir, weil ich den Krieg besiegt hatte.

Ein anderes schlimmes Erlebnis ist, dass ich meine kleine Tochter fast getötet hätte. Ich trank, um der Realität zu entkommen, nur wenige Male. Sie wollte väterlichen Kontakt und Hilfestellung in irgendeiner Sache. Ich stieß sie zurück, taumelnd fiel sie in eine Glastür mit dem Gesicht voran. Narben blieben, aber ich glaube, sie hat mir verziehen.

Jetzt ist mein Leben der stinkende, faulende, dahinsiechende Rest des Ganzen. Ohne Ende Erinnerungen. Fast hundert Jahre war eine Seele konserviert in einer immer schon zerbrechlichen Hülle. Fragil. Risse und Narben. Menschen sind ja so kaputtbar. Das Leben ist eine Wunde, die täglich neu eitert. Aber es muss nicht immer wehtun.

Als ich heute Morgen geistig verzerrt aufwachte, weil 3.40 Uhr Morphiuminjektion, wusste ich, dass dieser Tag der letzte sein würde. Das Gefühl war sehr stark. Ein allerletztes Frühstück durch die Magensonde als Reiseproviant ins Jenseits. Blutspucken. Meine Speiseröhre ist irreparabel durchlöchert. Ich warte. Erwarte Veränderung.

Irgendetwas zirkuliert im Raum. Der Vollscheißer hat es wieder mal getan. Alles wird anders. Es kommt ein Tod geflogen. Setzt sich nieder in den Leib und frisst die Seele. Ich hoffe auf ein gnädiges Sterben.

Meine Familie wurde angerufen, weil es so exitusmäßig um mich steht. Da stehen meine Kinder mit ihren Kindern und blicken silbrig tränendurchflutet drein. Worte fallen aus ihren Gesichtern. Gnädige, gute Worte der lebhaften Erinnerung an mich. Ich öffne meine Augen nur noch minütlich, aber alle sind da. Auch die alte Frau im Rollstuhl ist zugegen, aus deren Schoß all diese Existenzen gekrochen kamen. Barbara, ich liebe deinen Atem. Der soll noch viele Jahre aus dir kommen.

Das Scherbengesicht ist auch da. Ich sehe sie lächeln und weiß, sie hat mir verziehen. Sie ist die Einzige, die keine Kinder hat.

Die kleinen Geschöpfe in diesem Raum, grinsend und tobend, rechtfertigen meine schlappe Existenz ungemein.

Barbaras Hand umklammert matt die meine. Ich spüre ihre Liebe, aber auch dieses Wegen-dir-Scheißtyp-verpasse-ich-heute-die-Lindenstraße-Feeling. Alles in einer Hand und von Hand zu Hand gesagt. Wir haben nie viele Worte gebraucht, weil Liebe so selbstverständlich ist wie die Welt. Sie wird mich vermissen, ist aber jemand, der so viel versteht. Leben. Tod. Lindenstraße. Alles.

Dann wird es in meinem Körper spürbar kälter. Metastasen haben Hunger. Fraß Richtung Gehirn. Da trifft sich was aus Schmerzen und Gedanken, was ich nicht kenne. Flach der Atem. Die Augen besser schließen und sich in sich selbst verstecken. Vielleicht fliegt der Tod dann vorbei. Nein, ich spüre die Sau kommen. Seine Nähe ist unvermeidbar. Wie damals auf dem Rückweg aus Russland.

Atemausgang.
   Herzstillstand.
   Gehirn runterfahren.

Dämmerwelt.

Nichts hat Bestand.
   Nichts beinhaltet Gefahr.
   Alles geht und sterben muss jeder.
   Ich jetzt.
   In diesem Augenblick.

Korridor entlanglaufen.
   Alles weiß.
   Nebelflut.
   Ich zähle in mir von zehn runter rückwärts.

10 – Es ist so weit.
09 – Die Einsamkeit des Sterbens ist wie ein Stück Kuchen, mit Liebe gebacken.
08 – Am Ende allein, aber schön, dass es euch gibt.
07 – Erkenntnis der Gedankenauflösung.
06 – Jetzt reicht es aber auch.
05 – Es riecht nach Scheiße und dieses Mal war ich es.
04 – Barbara, komm bald nach, ich brauche deine Gegenwart!
03 – Und Sie sind also Gott, ich habe Sie mir ganz anders vorgestellt.

02 – Herzlich willkommen in der Zwischenwelt!
01 – Heraus aus der Zwischenwelt ins seelische Endlager.
0 – Ich bestehe nur noch aus einer unsichtbaren, fliegenden Seele. Es beginnt die totale Auflösung des Seins, splitterförmig atomisiert, ein Ende erkennbar und die Liebe Gottes fühlend.

Es gibt da einen Pfad zu erkunden, neu zu gehen, gesäumt von Nebelschwaden, weißer als weiß. Alles ist optimal temperiert.
    Das ist der Weg.
    Ich gehe ihn bis zum Ende.
    Ohne Qual.
    Ohne Sorge.
    Der Weg weg. Raus.

Fin.

Sentimentales Schnitzel

Es ist Weihnachten und ich bin auf dem Weg zu meinem Elternhaus. Zwangsfamilienzusammenführung nach den und trotz der moralischen Bedenken der Beteiligten. Coming home, going down.

Ich betrete das Haus meiner Eltern. Es ist irgendein Jahr des neuen Jahrhunderts. Es riecht nach Fett und Tränen. Frisch gebraten und geweint. Im Flur flackern Kerzen. Akribisches Weihnachtsdesign strahlt von den Wänden und berichtet vom Geschick der Mutter. Ich habe zwei Päckchen in der Hand, ansonsten Leere.

In diesem Haus habe ich meine Kindheit und Jugend verbracht. Mein Vater hat es mit eigenen Händen und geliehenem Geld aus dem Boden gestampft.

Ich betrete das Wohnzimmer, in dem sich meine Eltern befinden. Sie sind immer hier um diese Zeit. Jedes Jahr sitzen sie hier. So auch heute. Das Wohnzimmer ist abgedunkelt, die einzigen Lichtquellen sind diverse zuckende Teelichter und ein rot-golden dekorierter Weihnachtsbaum. Darunter die Postgeburtsszenerie von Jesus Christus, nachgestellt mit Tonfiguren. In der Krippe sieht es kalt aus.

Chris Rea singt aus Mutters Radio, dass er es cool findet, Weihnachten nach Hause zu fahren.

»Driving home for Christmas ...«, so rockt der gute Mann Christmas. Dieses Lied, diese Stimme, diese Stimmung, zusammengefasst: Dieser beschissene Kitsch erregt mentale Destruktivität und gedankliche Autoaggression in mir. Bestimmt sind schon andere Menschen während dieses Liedes gestorben, weil sie einfach vergessen haben zu atmen.

In der Sofaecke sitzt meine Mutter in einer unbequemen Haltung und hat feuchte Augen. Zwiebelschneiden und Weihnachtenfeiern machen diesen negativen Zauber. Sie sieht mich stumm an und ich sehe in ihr verheultes Gesicht, in ihre Kummersehschlitze, die gerötet und geädert glänzen. Das ist jedes Jahr so. Depression und Weihnachtsfeier. Mentale Wüstenlandschaften in ihrem Gesicht, und ihre Augen sind tränendurchflutete Oasen, die niemand betreten mag. Trauer-Power ...

Ich weiß, dass meine Mutter täglich weint. Ich weiß, dass sie mich gerne öfter sehen und sprechen würde. Ich ahne, dass sie ein Geheimnis hat, wahrscheinlich aus ihrer Kindheit, dessen Offenbarung ihre eigenen, eng gesetzten Moralgrenzen sprengen würde. Mit zitternder Stimme begrüßt sie mich. Ihre Neurosen zerfahren ihr Innerstes und sie kämpft um ihren Ausdruck, der aber ein elender bleibt. Seit ich nicht mehr in diesem Haushalt wohne, fällt es mir immer schwerer, diese Frau zu verstehen.

Ihr gegenüber sitzt mein alter Vater. Schon wieder weniger Haare. Sein Gesicht durchziehen tiefe Furchen, aber die Lachfalten um seine stahlblauen Glitzeraugen machen aus ihm eine positive Erscheinung. Sein Verfall ist unaufhaltsam und in meinen Besuchsabständen sehr gut mitzuverfolgen. Er ist ein rasant alternder Arbeiter. Auch er hat feuchte Augen, resultierend aus dem in ihm befindlichen Chaos der Freude, mich zu sehen, und seinem Restleben: Maloche, Psychofrau, toter anderer Sohn und die Unfähigkeit, nicht aus diesem Leben, dieser verdorbenen Existenz ausbrechen zu können.

Es ist das zweite Weihnachtsfest ohne meinen Bruder. Der starb bei einem Unfall. Er frontalcrashte eine junge Frau, die ebenfalls verstarb. Genau dieser Abgang passte zu seinem kurzen Leben. Sein Körper war mächtig verstümmelt, wie auch sein Kopf. Er war ein Live-fast-die-young-Mensch, und der Drive-fast-die-krass-Tod passte in sein Lebenskonzept. Ich habe das begriffen. Der Tod gehört zum Leben. Manchmal ist er das Leben. Stellenweise nur durch Atmen und Nicht-Atmen zu unterscheiden. Das ist manchmal alles. Es ist alles so einfach.

Ich bin zu Tisch mit meinen Feuchte-Augen-Eltern. Wir essen. Die Nahrung ist fleischlastig, Herzinfarkt fördernd und Cholesterinspiegel hebend. Mutter serviert die Magen füllenden Speisen aus ihrer depressiven Küche: Es gibt Schnitzel, Kroketten und als fettfreie Beilage grünen Salat. Dazu eine braune Soße. Tradition serviert mit Tränen. Die Tragik steckt im Detail.

Dazu gibt es Rotwein. Den hat mein Vater ausgesucht. Er trinkt schnell. Besaufen hat für ihn immer noch einen großen Realitätsverdrängungsaspekt. Diesen rechne ich ihm hoch an. Will mich auch besaufen mit meinem tränenreichen Vater, aber ich will ja später noch mit dem Wagen zurück. Deswegen trinkt der Held der Arbeit allein. Gewohnheitssache.

Wir reden nicht über meinen Bruder. Totschweigen des Toten ist angesagt. Aber die Wahrheit ist schwer zu belügen ...

Irgendwann ist auch mal mein Opa gestorben. Das Oberhaupt einer großen Familie. Ein Mann, der im Krieg war und der nach Hause kam. Ein Geschichtenerzähler sondergleichen, auf dessen Schoß man ewig Kind sein wollte. Er starb auf der Pflegestation eines Krankenhauses.

Aber Opa war alt und voller Krebs. Der Vater meines Vaters. Die frühen Generationen brechen einfach so weg. Er ist im Krankenhaus verstorben. Wir waren bei ihm, als er ging. Es hat mir nichts bedeutet. Alle sagten, es war besser, vor allem die sonderbare Tante Irmgard. Den Kranken und Alten der Tod. Opa war fünfundneunzig. Diesen Tod haben meine Eltern gut verdaut. Meines Vaters Blick ein nach vorn gerichteter. Stolz auf seinen alten Vater, den Verlierer gegen Innenorgankrebs. Das ist jetzt drei Jahre her.

Ich esse auch vom toten Schwein, obwohl ich eigentlich Vegetarier bin. Vielleicht kann ich so dieses Elend besser nachvollziehen. Solidarität mit Tätern und Opfern. Ich schlucke das tote Tier in mich hinein und werde ganz weich davon im Kopf. Manchmal vermute ich, dass meine Mutter meinen Vater langsam mit dieser fettigen Nahrung töten will, nur aus dem Grund, weil so viel Scheiße in ihr steckt, die nicht rauskann. Deswegen auch viele ihrer Neurosen.

»Nimm doch noch ein drittes Schnitzel!« Ein Mutterwort mit melancholischem Unterton, aus dem Undankbarkeit und Elend wimmern.

»Ne, eigentlich bin ich total satt.« Väterlicherseits wird sich bequem Rotwein schlürfend zurückgelehnt.

»Ach, komm ...« Mutters Gabel übernimmt den Fleischtransport auf Vaters Teller.

»Hm ...« Mein Vater beginnt zu essen, ohne Widerwillen und Genuss. Er kaut schmatzend. Wie eben ein Arbeiter Fleisch verzehrt.

Dieser Tragik wohne ich stumm bei. Mein Vater kaut lautlos die gebratene Schweineleiche und es ist noch Salat da. Den nimmt meine Mutter und genießt dazu ein leicht blubberndes Mineralwasser. Alles rein in den Heulkopf und nichts raus. Ihre Sentimentalitäten werden nicht zu Worten. Nie.

Das Essen findet glücklicherweise irgendwann ein Ende. Ich finde nichts mehr. Nicht mal mehr mich selbst. Erkenne nur, dass ich der Sohn meiner Eltern bin, weil ich ab und zu aus dem Nichts feuchte Netzhäute bekomme und einfach so losheulen könnte. Das Schnitzel im Bauch macht träge und ich trinke Wasser.

Aus dem Radio wird weiterhin Christmas gerockt, und zwar fürchterlicher als zuvor.

Last Christmas, I gave you my heart,
but the very next day, you gave it away,
this year, to save me from tears,
I give it to someone special.

Tu das, George Michael, aber lass mich bitte damit in Ruhe. Sein Wham!-Kollege musiziert sich einen zurecht, und das Lied wird von mir schlimmer als je zuvor empfunden. Folter, Folter, keine Gnade. All diese künstlichen Sentimentalitäten werden mir zu viel. Als ob die realen Probleme nicht schon ausreichen würden.

Ich schenke ihnen was. Den Eltern, den Guten. Tee für meine Mutter, damit sie sich gesund fühlen kann, obwohl sie ja neurologisch gesehen vollkommen destroyed ist.

Ein Garten voller rot blühender Neurosen. Socken für meinen alten Vater, der sich für diese Banalität überschwänglich bedankt. Auf den Baustellen dieser Welt ist es arschkalt um diese Jahreszeit und hier im Haus sowieso, obwohl die Heizung ganze Arbeit leistet.

Die Zeit vergeht und verrinnt unter Schweigen und dem Austausch von Belanglosigkeiten. Es werden Nüsse geknackt und am Rande versuche ich, mit meinen Eltern über Globalisierung zu reden, wenn sie schon nicht persönlich werden wollen. Sie wollen beides nicht. Es wird später.

Irgendwann gehe ich, verabschiede mich mit einem »Bis demnächst« und meine doch nur: »Gut, dass es vorbei ist«. Ich habe noch Kraft, meinen Familienmitgliedern an diesem Heiligen Abend ein Lächeln zu widmen, das aber nur eine Maske ist, denn in mir ist Chaos der Familie wegen.

Ich verlasse mein Elternhaus. Draußen hat es sieben Grad unter null, doch ich empfinde emotionale Wärme, als ich die Haustür schließe, hinter der meine Eltern ein Leben leben, das ich nicht verstehen kann.

Ich steige in mein Auto und mache das Radio an. Punkrock durchflutet mein Gehirn und ich beginne mit Reflexionen des Abends und meines Lebens. Außerdem setzt Verdrängung ein.

Ganz bewusst.

Alles scheint so leicht zu überwinden
für tausend Jahre, tausend Male und immer wieder Morgen
der Vertrag geht zum Teufel durch die Flucht ins Wort
und irgendwann stirbt er leise, keiner weiß

...

auf der Stelle sitzend, wie ausgeweidet
für tausend Jahre
er wartet, wartet und immer wieder MORGEN
der Vertrag geht zum Teufel, er weiß nicht, was es heißt
an der Stelle zum Tod, das Gefühl niemals gelebt
mit einer Kugel im Kopf
...

Slime – Die Leere

Mit diesem Song fahre ich bedenklich langsam zu meiner Mietwohnung. Vielleicht haben wir irgendwann mal den Mut, über alles zu reden, uns wie gewöhnliche Familienmitglieder in die Arme zu schließen, um unsere Persönlichkeiten zu teilen. Denn wenn man dies tun kann, ist manches doch weniger schlimm.

Ich würde ihnen so gerne meine Sentimentalitäten und Zerbrechlichkeiten erzählen. Das Fragile in meinem Leben zu Wort bringen, meinen Eltern gegenüber. Doch alles ist zu und jeder Weg blockiert. Gelegenheiten, unser Zaudern zu überspringen, wird es noch viele geben, doch ich weiß, alle bleiben ungenutzt.

Wir müssen alles ertragen, und ich kann nicht leugnen, dass ich ein Feiertagsunschönfinder geworden bin über die Jahre. Auch der Familie wegen.

Die letzten dreißig Sekunden

Es ist dunkelgraues Wetter. Bedrohlich wabert Nebel über der Straßenoberfläche. Aber die Nacht ist leise und einzigartig in ihrer Erscheinungsweise.

Ich fahre relativ schnell auf einer Landstraße. Mein Auto gibt mir recht. An beiden Seiten erheben sich alte Bäume. Dahinter wird ansonsten Landwirtschaft betrieben.

Kokain kitzelt mir noch die Nase wund. Komme von einer Party, auf der ich mit einer Frau schlief, die nicht meine war. Da war es laut. Komme gerade ein wenig runter, bin aber noch leicht angeturnt. Das monotone Betriebsgeräusch des Autos beruhigt. Die gleichbleibende Kontinuität der Fortbewegung ebenfalls.

Coming down from being high. Um dann auf dem Boden der Tatsachen diese zu ignorieren.

Meine 132 PS bringen mich heim.

Ich bin im Gedankentaumel, doch der Wagen kennt den Weg. Ich überhole einen LKW, von vorn kommt ein Auto. Ein Golf IV inklusive Tuninggepimpe. Ich habe keine Angst, warum auch. Mein Kokainlächeln. Es wird böse enden, denke ich so bei mir, zumindest wird mir eine maximal schwere Verletzung, die meinen Körper verteilen wird, zuteil.

Na und?

Ich erkenne noch die Fahrerin, eine kindlich wirkende blonde Frau mit übergroßen grünen Augen. Weit aufgerissenes Antlitz. Ein Zusammenstoß ist unvermeidbar. Sie lichthupt und es glitzert in meinem Kopf. Zwischen uns nur Nebelsuppe. Grau und einfältig.

Ein Film.
  Nur in meinem Kopf.
  Mein Leben in dreißig Sekunden.
  Blutverschleimte Geburt. Die Hände des Vaters und der Mutter, die mich tragen. Glückliche Kinderjahre. Und lachende Eltern. Ein großer Bruder ohne Willen.
  Autos.
  Frauen.
  Party.
  Drogentoleranz.
  Freiheit.
  Leben zu Genüge.
  Ein letzter Abend, dieser vorhin. Es war gut. Überredungskunst und Kokain. Wildes Ficken. Vaginales Zucken. Und dann diese Fahrt. Ich fahre mich heim. Der Film endet hier.
  In mir verreist alles, Erinnerungen und Gefühle mit Koffern in der Hand und Sonnenbrillen auf den lächelnden Gesichtern ...

Der Vorhang schließt sich und ich breche mit dem Schädel durch die Windschutzscheibe meines Wagens. Metallscherbenfleischwunden. Dann durch ihre Windschutzscheibe. Die Scherben, die ich verursache, trennen sanft das Muskelfleisch meiner Bauchdecke. Außerdem trennen sie mir einen Arm ab. Sauberer Schnitt am Schultergelenk links. Ich dringe fliegend-liegend in den Wagen der Blondine ein. Begegnung mit der Trümmerfrau.

Da sind Geräusche beim Fliegen und Eindringen durch die Scheibe. Zwischen Splittern und Weltkrieg tobt ein egozentrischer Amok vorbei. Unvergleichbar, weil nie zuvor wahrgenommen, zirkulieren diese abstrakten Sounds an meinem kaputten Kopf vorbei. Dann schreit die Frau laut und todesnah und übertönt alles.

Ihr Gesicht ist überströmt von allerlei Körperflüssigkeit. Da sind jetzt Schreie aus ihrem unübersichtlichen Kopf und Metallstreben in ihren Organen. Ihr Schädel ist oben offen und die meisten ihrer blonden, gepflegten Haare liegen auf der Rückbank ihres Golfs. Gehirn bahnt sich fließend den Weg aus ihrem Innenschädel Richtung Handschuhfach. Das läuft voller Gedanken und unerfüllter Pläne und Missionen. Verteilt sich träge sickernd im Innenraum. Gehirn klatscht stumpf auf die Fußmatten. Das ihre wie das meine.

Die Blondine hört auf zu schreien und zu atmen. Blutet und sickert aber weiter. Sie ist wunderschön, auch ohne ihr junges Gesicht. Blutende Hautfetzen überall. Rosenrot schimmernd und Leben reflektierend. Die letzten Zuckungen einer Existenz.

Unfreiwilliges Extremsterben unsererseits.

Sie und ich. Es ist dieses Gefühl von LEBE SCHNELL – STIRB JUNG – HABE EINE GUT AUSSEHENDE LEICHE.

Kurt Cobain – Jim Morrison – Che Guevara – ich.

In ihrem Autoradio läuft Phillip Boa & The Voodooclub: »The girl who wants to die every day.« Ich erkenne dieses ironiegetränkte Lied: »... can I introduce myself, I'm the girl who wants to die every day, and I love it, no grant of rights, in dreams I lie, in dreams I lie, in selfishness I cry, in carisma I die, let me introduce myself, me so nice and lovely, ... I'm the girl who wants to die every day ...« Sie hat einen guten Musikgeschmack.

Da ist kein Schmerz mehr. Blutiges Ableben. Fleischreste, Menschensubstanzverteilungsmaßnahme. Gut, nicht allein zu sterben. Das Licht wird langsam runtergedimmt. Slowly. Dreißig Sekunden Sterbenszeit. Vom Aufprall bis jetzt. Mein Kopf ist völlig zerstört. Mein Körper eine einzige klaffende Wunde, aus dem mit jedem flachen Atemzug stoßweise Blut entweicht. Es wird alles leicht und melodiös um mich. Die Musik. Ist immer noch da: »I'm the girl who wants to die every day.«
    Die Frau, auf der ich liege und mit der ich heute sterbe, sie ist schon gegangen.
    Ich hinterher.
    Zur Sonne.
    Bruchzeit zwischen Ein- und Ausatmen.
    Vergänglichkeit hat es eilig und das Leben meint es ernst. Es stiehlt sich aus meinem Herzschlag. Raus.

Perfekter Augenblick. Unbedingt merken. Aber niemandem davon erzählen. Niemals ...
    Aus.

Vier Finger Vergewaltigung

Zur Weihnachtszeit macht unsere Scheißstadt wieder einen auf Prostituierte. Das hat sie eigentlich gar nicht nötig, die billige Schlampe von Stadt. Betonhure, die alte.

Aber sie tut's jedes Jahr wieder. Kleidet sich in bunte Lichter. Macht betäubenden Lärm mit trägen Melodien. Nennt sich vorweihnachtlich und ist konsumierbar. Die begehbare Schlampe. Ihr Herz ist aus Beton. Ihre Genitalien triefen vor Kitsch. Kitzlerkitsch, der kotzen macht, wenn man denken kann. Leider kann ich denken.

Der ganze Mist hier stinkt dann nach Wurst, Glühwein und dicken Leuten. Die behängen sich mit Plastiktüten und kaufen die ganze Scheiße, die ihnen das Werbefernsehen aufgedrängt hat. Das packen sie in ihre Tüten und laufen dann Wurst kauend rum, schreien ihre Kinder an und sind ansonsten geblendet vom Lichterwahn. Dessen gleißende Geilheit verheißt nichts Gutes. Vom Strom, der so durchgeht, könnte man wahrscheinlich ganz Südafrika mitversorgen. Oder abfackeln. Macht aber keiner, ist ja Weihnachten. Und da ist jeder Gutmensch eben Gutmensch und denkt nix Böses beim Leben.

Die Kleinmetropolenschlampe, in der ich wohne, hat aber auch so genannte Naherholungsgebiete. Wälder und Wiesen, die vom Weihnachtsglitzeramok noch verschont geblieben sind. Da sind keine Häuser, da ist dann nur grünes, unaufgeräumtes Zeug, das von einigen Wanderwegen durchkreuzt wird. Da bin ich immer gern.

Momentan steht mir mein Fluchtverhalten sehr gut. Denn da kommt was zusammen. Die Summe der Leid bringenden Einzelteile. Der eben schon erwähnte Vorweihnachtsfaschismus und der Tod meiner Freundin Julia.

Die hatte einen Autounfall, weil irgend so 'n Assi im Sportwagen einfach überholen musste. Dann gab es eine frontale Zusammenkunft und zwei Tote, eine davon die Julia. Die war gerade einundzwanzig. Damit muss ich erst mal klarkommen.

Die Vergänglichkeit hatte es sehr eilig. Mit einem unachtsamen Moment in einem Leben gingen die Lichter aus. Ihr Schädel war komplett zerstört vom Metall des Unfallgrauens. Vorn und hinten hatte sie Riesenlöcher im Kopf. Als sie gefunden wurde, lief noch ihr Autoradio, aber ihren letzten Atemzug auf diesem Planeten hatte sie schon hinter sich.

Beerdigungserzählungen ihrer im Heulkrampf befindlichen Eltern zufolge und die Lokalpresse setzten mir dieses Bild zusammen.
Ich war auch am Unfallort.
Julia ist tot.
Eine Kerze für sie. Unsere Gemeinsamkeiten beschränkten sich aber bei genauerem Hindenken auf die Oberflächlichkeit der Tiefen- und Pseudophilosophie. Ein adäquater Quatschmensch. Wir saßen meist herum, rauchten, tranken und sprachen dem Leben die Lebbarkeit ab. Ein Mensch mit Mund zum Reden und Gehirn zum Verstehen. Ihr Verlust ist tragisch. Die salzige Feuchtigkeit bildet sich erneut in meinen Augen. Ich muss hier raus, in

diese unvergiftete und mental beruhigende Naturschutzgegend.

Auf dem Weg ins Grüne schlendert am Straßenrand beidseitig Sportlergesindel herum und vergnügt sich mit Nordic Walking. Schlimmer Auswuchs unserer Gesellschaft. Sogar ein Tumor im Sportbereich, finde ich.

Ich habe nur Zigaretten dabei. Auf der Fahrt raus rauche ich sieben.

Raus aus der asozialisierten Gegend.

Ich fahre nicht sehr schnell, denke dafür aber rasant.

Denke Sachen wie Freundschaft,

Antikapitalismus,

Weizenbier

und Analsex.

Gesprächsthemen von Julia und mir. Jetzt ist sie Vergangenheit und doch so relevant wie nie zuvor. Erst wenn jemand geht, bemerkt man gemeinhin seine Wichtigkeit. Sehnsucht ist uneffektiv.

Fahre außerdem an der Stelle vorbei, wo es geschah. Da hat Julias Mutter ein Kreuz aufgestellt, umsäumt von Kerzen. Um der schönen Erinnerung willen. Ein Blick von mir und dunkelrot leuchten Kerzen. Flackernd in der Dämmerung.

Ich parke am Waldesrand. Steige aus und lasse mein kleines rotes Feuerzeug aufflackern. Inhaliere und beobachte dann den aus meinem Mund ziehenden Qualm, der gleichzeitig nach Freiheit und Sucht schmeckt.

Blicke auf die vor mir liegende Baumfront, die außer mir niemanden zu interessieren scheint. Die Natur macht ihre ganz eigenen Geräusche. Weit weg vom Lärm der Betonlandschaft, hinein in die Natürlichkeit der Eigentlichkeit. Jedes Mal wenn ich hier bin, denke ich: So ist der

Mensch eigentlich gemeint. Ich begrüße die Bäume wie alte Bekannte und freue mich über ihr mystisches Rascheln als Antwort.

Ich genieße die Luft. Solche Luft gibt es nur in Wäldern. Die Luft hat so richtig Volumen. Füllt die Lungen von selbst.

Ohne Einatmen fickt mich der mich umgebende hochkonzentrierte Sauerstoff. Die Umgebung ist dunkelgrün. Es ist nicht kalt ... weil es schön ist.

Es bleibt auch nach mindestens tausend Schritten Richtung Innenwald schön. Ich mache Knistersounds mit meinen Füßen auf umherliegendem Geäst. Kleine Knochenbrüche, denke ich.

Julia fliegt durch meinen Kopf.

Mit ihr war ich nie hier. Immer nur allein. Es hätte ihr auch nicht gefallen, glaube ich. Sie war eher interessiert an städtischem Leben ohne Erholung und Naturreflexion. Schade für sie.

Die Dunkelheit senkt sich still in den Wald. Bohrt sich durch bis zum moosigen Boden. Von oben schreit ein Vogel den nahenden Abend an.

Eine Hand an meinem Arsch, die nicht meine ist. Ich erschrecke wie unter Starkstrom. Da fasst mich ein Fremder an. Reibung. Mein Herz läuft Amok.

Heiserer Atem in meinem Nacken und eine feuchte Zunge hinter meinem linken Ohr. Gleichzeitig fährt eine Hand unter meine Jacke und sucht nach meinen Brüsten.

Scheiße.

In meiner Poritze spüre ich einen erregten Penis. Der drängelt im Analbereich von Backe zu Backe.

Da findet eine Menge ungewollter, ungewohnter Reibung statt.

Worte fallen wie »Komm, du kleine Sau!« und »Jetzt aber ...« In seiner Stimme bemerke ich eine heisere Geilheit, die mich vollends in Panik versetzt. Außerdem rieche ich seinen muffigen Adrenalinschweiß, der unwaldgemäß in meine Nase strömt.

Angst flackert auf.

Instinktiv lasse ich mein rechtes Bein nach hinten schnellen und treffe ihn am Schienbein. Er schreit kurz auf und sein Griff wird etwas lockerer.

Am Oberkörper des nicht zu erkennenden Triebtäterfreaks stoße ich mich ab und falle unsanft auf den Waldboden. Er fällt auch, aber ich stehe schneller wieder auf.

Renne.

Wohin, ist egal.

Nur rennen.

Nicht auch noch das. In meinem Kopf ist Katastrophenalarm.

Konzentrationsamok.

Auf der Flucht entwickle ich sportliche Höchstleistungen. Er ist hinter mir. Ich kann ihn riechen.

Das Schwein kommt. Seine schnellen Schritte machen das Holz knacken. Mir folgt sein Atem und sein Geruch und das fiese Böse in ihm.

Der Weg ist nicht mehr sichtbar, weil es bereits stockdunkel ist, aber ich weiß ungefähr, wo ich bin und dass ich gleich nach links muss und dann da nach zweihundert Metern mein Wagen steht. Ich höre seine federnden Schritte und knackendes Kleinholz.

Hinter dieser Biegung steht mein Auto. Ich habe noch Kraft, meinen Gang zu beschleunigen.

Mit der Angst als Triebfeder. Ich biege ab – und da steht es.

Keuchende Stimme im Rücken.

Und immer noch schnelle Schrittfrequenz. Der Typ ist vielleicht fünfzig Meter hinter mir. Ich weiß genau, dass der Schlüssel noch steckt. Tür auf. Hingesetzt. Tür zu. Etwas schreit. Könnte ein Tier sein. Der Triebfreak ist direkt neben meinem Auto, als ich dieses zünde.

Eine Hand schlägt gegen die Scheibe. Macht auf dem Glas laute Geräusche. Eine geballte Faust des Zorns und der unvollendeten Geilheit trifft mein Seitenfenster vier- bis fünfmal.

Bamm!!! Bamm!!! Bamm!!! Bamm!!!

Das Auto ist betriebsbereit. Das Motorengeräusch macht Hoffnung. Zumindest für Bruchteile von Sekunden. Dann fahre ich los. Glücklicherweise steht mein Auto in korrekter Fahrtrichtung.

Erster Gang. Nur Angst.

Zweiter Gang. Mehr Angst. Der Typ rennt neben meinem Wagen her und schlägt gegen die Scheibe.

Dritter Gang. Das Schwein gibt auf. Er verliert an Tempo. Ich gewinne an Tempo. Die nächste Straße ist eine größere. Ich zittere, weine, kollabiere. Ich habe ein Gefühl, als könnte ich nur noch ausatmen. Meine zu ersticken.

Mein ganzes Bewusstsein besteht aus Schock und Ekel. Weiß mich aber außer Gefahr, was ungewollten Fremdsex anbelangt.

Was für ein Arschloch! Ich muss mir die Tränen aus den Augen wischen, um die Straße vor mir zu erkennen.

Der Heimweg ist wieder den Zigaretten bestimmt. Ich will duschen und gleichzeitig mindestens zwei Feuerzeuge leer rauchen. Ich habe ein kaum zu ertragendes Gefühl von Ich-will-nicht-geboren-Sein. Bin ich aber. Stelle mich mir selbst.

Langsam beruhigt sich was in mir. Mein Herz nimmt wieder seinen gewöhnlich entspannten Rhythmus auf.

Einzige Aufregung: Solche scheiß Freaks laufen in unseren schönen Naturschutzparks rum und stecken ihre unqualifizierten Schwänze in alles Wehrlose.

Schreiende Ungerechtigkeit. Die Bullen sollen davon erfahren. Aber die machen wieder nix, außer sich aufgeilen. Weil ich keine Beweise dafür habe, außer meine Angst, und die beweist einen Scheiß. Natürlich hab ich keine Beweise, aber ich kann seinen Gang und seinen Atem beschreiben. Notfalls auch seinen drängenden Schwanz.

Ich fahre nach Hause, stelle meinen Wagen auf einem spärlich beleuchteten Parkplatz ab und plötzlich habe ich doch einen Beweis für diese Schweinetat. Zwischen Türrahmen und Tür sind vier blutige, knochige Männerfinger eingeklemmt. Sehen aus wie kleine Würstchen, die noch nicht ganz gar sind. Die sehe ich, könnte kotzen, lache aber und fahre direkt zu den Bullen.

Ein Beweis, ein Beweis!

Da komme ich dann an und steige auf der Beifahrerseite aus, um die Beweise so zu lassen, wie sie sich ursprünglich angeboten haben.

Nach kurzer peinlicher Unterredung im Vergewaltigungsbüro zeige ich den Policedeppen die Beweise, die noch in meinem Auto klemmen. Die ermittelnde Beamtin kotzt, wo sie steht, ein anderer Beamter grinst sich eins ob der Erbrechensorgie der Verbrecherjägerin.

Nach einer guten halben Stunde Ermittlung hat man die Sau gefunden. Der ist halb verblutet in einem Krankenhaus gelandet. Stammelte irgendwas von Sägearbeiten in der Dämmerung, als er eine fremde Frau auf der Straße anhielt, die ihn freundlicher- und unwissenderweise im nächsten Krankenhaus abstellte. Da fand dann 'ne Notoperation statt. Und wenn der Typ aus dem Narkoseschlaf erwacht, ist er quasi schon in Polizeigewahrsam.

Das Schwein hat nur noch den Daumen der rechten Hand behalten, der Rest ist mit mir mitgefahren und konnte als Beweis für eine Straftat verwendet werden.

Sie haben ihn also und ich will nach Hause. Der Lachbulle von eben kommt mir noch mal auf dem Flur entgegen. Fragt, ob ich Kaffeelust habe.

Habe ich.

Kurz darauf kommt er mit zwei dampfenden Automatenkaffees um die Ecke. Die Dinger stinken. Wir setzen uns hin und er fängt an, mich zu bedauern.

Er so: Harte Sache.
Ich so: Klar.
Er so: Solche Leute gehören der Todesstrafe zugeführt und dürfen eigentlich nicht frei rumlaufen hier in Deutschland.

Ich so: Ne danke, keine Milch, kein Zucker. Klar, Penner, der Typ. Strafe genug, nur noch mit dem Daumen wichsen zu können.

Er so: Also, wenn du psychologische Betreuung brauchst, ich kenn da 'ne Menge guter Leute. Also, als ich mal einen Flüchtigen angeschossen habe, da ...

Was soll denn der Scheiß jetzt. Ich wollte Kaffee und Schweigen, und was bekomme ich? Kaffee und dieses Psychogelaber. Der Jungbulle macht auf Verständnis. Aber eigentlich baggert er mich schamlos an.

Zwischen Verständnisheuchelei und Sexsucht in seinem verfickten, testosteronverrückten Männerhirn. Darauf habe ich absolut keinen Bock, und ein heißer Kaffeeschwall in seine verkommene Schönlingsfresse beendet dieses Gespräch.

Ich so: Da.
Er so: Aaahhh! Aua.

Der Uniformierte brüllt mir noch irgendwas hinterher, als ich schnellen Schrittes dieses Gebäude verlasse. Voller tragischer Unzuversicht und mit wenig Verständnis für alles.

Ich gehe.

Da ist der Parkplatz, da mein Auto. Die vier Finger haben sie entfernt und in ein Glas getan. Was die wohl damit machen? Und wenn es zur Gerichtsverhandlung kommt, nehmen die Finger auch teil unter dem falschen Namen »Beweisstück 1-4«?

Das Leben ist ein seltsames. Absolut.

Generation Kaffee Kippe

*Ihr sitzt in euren Zimmern und ihr wartet auf das Glück
und ihr habt schon zwanzigtausend Zigaretten ausgedrückt,
redet nur von den Projekten und von eurem neuen Stück.
Manchmal frag ich mich, bin ich oder ihr verrückt?
...
Es gibt eine Herzlichkeit jenseits von Jonglieren,
das ist doch wirklich gar nicht allzu schwierig zu kapieren.
Ihr werdet hunderttausendmal Kaffee trinken gehen
und werdet hunderttausendmal wieder nichts verstehen.*

*Ich will nicht schlecht über euch reden,
es ist ja doch nur primitiv.
Ich verabscheue euch wegen
eurer Kleinkunst zutiefst.*

Tocotronic – Ich verabscheue euch wegen eurer Kleinkunst zutiefst

Da sitzen wir in diesem Keller von Mandy. Die mich umgebende, schwer zu atmende Luft ist rauch- und kaffeegeschwängert. Wir hängen hier rum, treffen uns hier, um Kunst zu machen.

Gedanken machen und verwerfen.

Wir wissen alle, dass vor der Tür ein mächtiges Unheil auf uns wartet, dem wir uns mit unserer Kunst entgegenstellen wollen.

Kontrakunst.

Der Kontrast zur Gesellschaft. Aufrühren wollen und Emotionen provozieren. Alle hier sind mächtig high.

Da sitzen wir in diesem Keller von Mandy. Alle mächtig am Rotieren des Kaffees wegen. Alle Köpfe kreativ denkend. Draußen ist feindlich. Bloß keinen Schritt vor die Tür setzen. Nicht raus, wir wissen doch, was uns da erwartet. Unverständnis und Wahnsinn.

Leuchtender Wahnsinn.

Globalisierung, Massenarbeitslosigkeit, Konsum, Kapitalismus, Neofaschismus und zu guter Letzt der sterbenswürdige Tod.

Dagegen wollen wir vorgehen. So intellektuell wir sind, so still und desillusioniert sind wir leider auch.

Da sitzen wir in diesem Keller von Mandy und Joints machen die Runde. Es dampft gewaltig und keiner sagt ein Wort. Mandy fotografiert das alles mit ihrer Digitalkamera. Jeden Einzelnen von uns als nebelumwobenes Kunstwerk, digital konserviert.

Nichts passiert, Mandy tanzt um die Sofas und es klickt und blitzt durch die Rauchfront. Mandy heißt eigentlich Manuela, aber auch das scheint sie mittlerweile vergessen zu haben.

Da sitzen wir in diesem Keller von Mandy. Paul ist auch da und er beginnt eigene Gedichte zu zitieren. Paul frisst alle Drogen, die er bekommen kann. Vorhin waren es bunte Tabletten, vier oder fünf. Er ist ein Menschenkarton mit chemischem Inhalt. Paul spricht langsam und lallend:

»Lesen ist wie Fernsehen zu Fuß
was muss, das muss

am Ende Drangewöhner
und wir scheitern immer schöner.«

Nach diesen Worten begibt sich Paul wieder in seine Wohlfühllethargie und lässt seine Kreativität ermatten. Es steht nicht gut um ihn.

Da sitzen wir in diesem Keller von Mandy. Lisa und Tim ficken auf dem Sofa. Lisa sitzt auf Tims Schoß und Tim knetet dumm ihre Brüste. Beide schreien wild Nietzsche-Zitate durch den Raum und geben sich stumpf ihrem Trieb hin.

»Überzeugungen sind gefährlichere Feinde der Wahrheit als Lügen.«

»Die Forderung, geliebt zu werden, ist die größte aller Anmaßungen.«

»Was ich lieben kann am Menschen, das ist, dass er ein Übergang ist und ein Untergang.«

All das geschrien, während sich Genitalien duellieren. Faszinierende Seltsamkeit ergibt sich aus diesem Anblick.

Da sitzen wir in diesem Keller von Mandy. Ich weiß auch nicht, wie lange ich schon hier bin. Vielleicht drei oder vier Wochen. Mich hungert nach frischer Luft, neuem Wissen und Menschen, die wissen, was sie wollen.

Neben mir sitzt Albert. Der ist vierundfünfzig Jahre alt und malt seine Gedanken. Es sieht aus, als hätte es ein Vierjähriger im Kindergarten hingeschmiert, aber diese Kacke geht in Albert vor. An der rechten Hand hat er nur noch den Daumen, doch er mag nicht über diese Verletzung reden. Albert trinkt ein Glas Strohrum mit Cola und nach diesem Konsum schließt sich sein Bewusstsein.

Er hat mal ein Bild an einen Blinden verkauft.

Sein einziger Erfolg.

Da sitzen wir in diesem Keller von Mandy. Über die Hälfte aller Anwesenden haben sich bewusstseinserweiternden Pilzen hingegeben und erkunden ihr neu strukturiertes Umfeld. Sie spielen »Ich sehe was, was du nicht siehst« und erkennen nicht den Ernst ihrer Lage und ihre falsche Hingabe.

Da war mal viel Kreativität, wo jetzt nur noch Hirnteile glühen oder ganz fix drogenbetäubt werden wollen. Das Nichterkennen, dass die Kunst doch im Leben verwurzelt ist, nervt mich an dieser Zusammenkunft gewaltig.

Mir hört ja auch keiner zu, denke ich so in mein Bier hinein und schaue mich um.

Da sitzen wir in diesem Keller von Mandy. Aus der Stereoanlage scheppert zu leise zum Wachrütteln »Die Dreigroschenoper« von Brecht und Weill. Die Ironie des Stückes »Lied von der Unzulänglichkeit menschlichen Strebens« zirkuliert eine Minute vierunddreißig in meinem Schädel. Warum versteht das keiner mehr?

Wir sind keine Freunde mehr.

Scheiße, wir waren NIE Freunde, immer nur eine Zusammenkunft von Theoretikern. Kunst war uns wichtig. Ich muss hier raus. Ich muss hier weg. Mein Hunger nach Zuversicht und frischer Straßenluft wird unerträglich.

Da sitzen wir in diesem Keller von Mandy. Mandy hat ihre Kamera auf mich gerichtet. Die schlage ich ihr aus der Hand und gebe ihr eine satte Ohrfeige als Bonusfeeling.

Sie fällt zu Boden und fotografiert dort weiter. Ich erhebe meinen Körper und bemerke sich lösende mentale

Fesseln. Ja, ja, wer sich nicht bewegt, spürt auch seine Fesseln nicht, ihr Deppen! Ich stoße beim Verlassen des Kellers an den Glastisch, auf dem sich Tim gerade 'ne Line weißes Pulver in die Nase saugt und sich wie der König eines Niemandslandes fühlt.

Ein paar Treppen später bin ich glücklicher als zuvor.

How to lead an intelligent life? So geht's.

Ich habe mir mein Bewusstsein zurückgeholt. Meinen Kopf zerschlagen und neu zu denken begonnen. Augenblicke später sind auch nur Zeit.

Da stehe ich vor Mandys Haus.

Atme tiefe Züge.

Leben. Hier draußen passiert es.

Laute Autos fahren schleppend vorbei und machen die Luft stinkend.

Weiteratmen. Ein und aus.

Wie geil ist das denn?

Die Welt ist kaputt. Kapitalistisch verseucht und menschlich am Rand. Aber echt. So echt, dass es wehtut, und ja, es tut weh, hier zu sein und zu erkennen. Da unten im Keller kann ich aber dagegen nichts machen. Da kann ich nur sitzen und warten. Und ein wenig ansterben. Und dem Verfall de luxe zusehen. Dem voranschreitenden Theoriewahnsinn, der sich wahrscheinlich niemals mehr in praktischen Formen darbieten wird.

Ich gehe nach Hause. Bewusste Schritte. Jeder Schritt weg von Mandys Haus erhöht den Egospaßfaktor. Was ich da erlebte, war ein kleines Totgehen.

Komme endlich dann zu Hause rein. Es ist nicht aufgeräumt, schließlich bin ich Künstler. Ich schmeiße meinen Laptop an und beginne ein Buch zu schreiben.

Die Erinnerungen von Hans-Kathrin Rampe, dem mehrfach Fotografierten.

Also, wir können gerne noch 'nen Themenabend bei Arte dranhängen ... kein Ding ...

Die Klingelschlampe
von nebenan

Deutschland, das werte Werbefernsehen. Klingeltöne für ungewaschene Erwachsene.

**Wilde Mädels aus dem Osten machen ALLES für dich.
Wähle null-eins-neun-null-vier-fünf-sex-sieben-fünf!**

**Ich will poppen statt leben.
Komm in meinen Whirlpool, du Sau!**

**Vertief dich in mich! Mach mich klar!
Wähle null-eins-neun-null-usw.!**

Die Konkurrenz schläft nicht.

Sportfernsehen nach null Uhr. Irgendjemand guckt zu und fühlt sich inspiriert. Wählt eine Telefonnummer und ich bin dran.

Ich bin allein in einem Zimmer, eigentlich vertieft in ein schlechtes Buch, das Unterhaltung, Ablenkung und Spaß bieten soll.

Unterhaltungsliteratur für Frauen ab fünfzig.

Laut Zielgruppe bin ich dabei.

Ich denke kurz an Helmut, meinen Mann. Der ist schon lange tot. Ich schließe die Augen und bin in seinem Krankenzimmer. Es war voller Krebs und Helmut lag darin.

Bis er mit fünfundvierzig starb. Lungenkrebs. Ich sehe noch, wie ich ihm die schmerzvollen Augen schloss und ihn in Frieden ruhen ließ. Dann mache ich die Augen wieder auf und bin in trostloser Umgebung. Eine 3-Zimmer-Wohnung in einem Industriegebiet vor Braunschweig.

Ich lese ein Buch von Hera Lind. Das scheint ja für mich dem Alter entsprechende Literatur zu sein. Jeder Auswurf dieser Frau fängt ja mit dem Wort »nebenan« an.

Die Gleichförmigkeit und Durchschaubarkeit dieser Arbeiten nervt. Es sind immer so Geschichten von quasi gewöhnlichen, mittelalten deutschen Frauen, die ihr Leben trotz Wirrnissen in puncto Liebe, Arbeit, Beziehungsgeflechtsfesseln und Lustbefriedigung immer sausauber in den Griff kriegen und denen danach Fröhlichkeit aus der Arschritze trieft und scheint.

Beschriebenes Glück, leicht konsumierbar. Alles in allem ohne realistische Bezüge, aber wohltuend für ein überhitztes Gemüt, wie das meine eines ist.

Alles beginnt mit »nebenan«. In jedem Buch fällt nebenan was runter oder schreit ein Kind oder Ähnliches. Auch ich habe zwei Nebenans.

Das Zimmer mit dem Telefon und das Zimmer mit dem behinderten Sohn. Beide sind mir zuwider. Lieber will ich hier im Sessel Hera Linds Gedankenkotze auflecken. Aber da sind diese quälenden Verpflichtungen, und ich bin ganz allein. Allein mit diesem ekelhaft realistischen Leben, das ich führen muss.

In einem Nebenan ist mein geistig behinderter Sohn. Der ist blind und leicht mental beeinträchtigt, selbst verschuldet allerdings. Der war auch mal ganz normal, bis er irgendwann durchdrehte. Jetzt ist er bei mir und ruft mit zweiunddreißig noch nach seiner Mutter. Das bin ich.

Verdammte Scheiße. Als er meinen Schoß damals verließ, dachte ich, dass ich in maximal zwanzig Jahren jegliche Verantwortung abgestreift haben könnte, die diesen dummen Jungen betrifft. Und jetzt lebt er hier, seit seinem »Unfall«.

Manchmal hasse ich ihn, fessel ihn an sein Bett und lasse ihn tagelang in seiner Scheiße liegen. Irgendwann tut er mir leid, oder aber der Gestank wird unerträglich und sein wimmerndes Weinen dann fast zu meinem.

Aber nur fast.

An der Grenze zum Weinen schlage ich ihm dann meine Meinung ins Gesicht. Irgendwas zwischen Verachtung und Liebe. Da gibt es 'ne Menge Grenzbereiche. Auch beides geht parallel, zentriert auf eine Person. Da liegt das Geschöpf in seinem Zimmer und beweint seine Abhängigkeit.

Bilder an den Wänden seines Zimmers. Fotos seines Vaters, seiner Exfreundin, unbekannte Zeichnungen, die er, bereits blind, auf einem Trödelmarkt gekauft hat, Fotos von mir, seiner Mutter.

Unter diesen Fotos sein Bett. Da liegt er und wartet ständig auf irgendwas. Geduldig und ungeduldig zugleich.

Im anderen Zimmer steht das Telefon, über das ich als Verbalhure Sprechsex anbiete. Da rufen Männer an, denen ich ihre Sehnsüchte bestätige.

Vergewaltigungen, Erniedrigungen, minderjährige Schwedinnen mit Akzent, die sich auf erigierte Schwänze nur aus Neugierde setzen wollen – ich kann alles.

Nymphen, Heilige, Huren und Kinder. Und ich kenne keine Tabus.

Ich mache alles. Ich kann alles sagen.

Die Wünsche der Männer sind aber manchmal schon sehr abgefahren. Kürzlich wollte einer, dass ich mich als Deutschlands schlechteste Schauspielerin, Thekla Carola Wied, ausgebe und erzieherische Weisheiten aus der seltsamen Serie »Ich heirate eine Familie« zum Besten geben sollte. Wie pervers kann man eigentlich sein? Wie abgrundtief schlecht?

I don't need Thekla Carola Wied.

Der Typ kam ziemlich schnell zur Sache, und als sein Samen ihn verließ, konnte ich wieder beruhigt ich sein. Der ruft seitdem mindestens einmal wöchentlich an, und ich mache ihm die TCW. Das ist eine Aufgabe am Rand der Aufgabe, also Selbstaufgabe.

Ein anderer Mann will, dass ich seine Tochter bin und mit einer fiepsigen Stimme lispelnd um Analsex mit ihm, also ihrem Vater, bettle. Auch das habe ich nicht abgelehnt. Bin mir für nichts zu schade. Da draußen ist die Krankheit des Geistes. Ich bin nur eine Handlangerin.

Und manchmal denke ich, ich verhüte sogar Unglück, wenn ich die Männer an der Leitung abspritzen lasse, bevor sie ihren Wahnsinn und ihre abgefuckten Sexualideen in die Realität umsetzen.

Aber mit dem Klingeln des Telefons klingelt es auch in meiner Haushaltskasse, und es ist nun mal sehr teuer, einen Behinderten daheim zu pflegen.

Beim Telefonsex befinde ich mich in einer Nebenwelt im Nebenzimmer. Ich arbeite immer im Dunkeln. Realitätsverdrängungsmöglichkeit. Das Eingehen auf die Männer, die Vorstellung, wie ihre Schwänze durch ihre eigenen Hände gleiten, ihr beschleunigender Atem und die samengetränkte Erleichterung, die ich ihnen schenken kann, kicken mich. Es ist eine Reise, raus in die Fickwelt da draußen.

Ich sammle die Perversen ein und heize sie so an, dass da nur noch Matsche in ihren Köpfen rotiert.

Meine Stammkunden wissen das zu schätzen und ich werde immer besser.

Echte Berührungen und Liebe habe ich mir abgewöhnt. Ich bin nur noch verbal sexuell aktiv.

Nur noch Kopfsex.

Mehr geht emotional nicht mehr. Manchmal fickt auch eine Figur von Hera Lind in den Büchern, die ich lese. Da stelle ich mir vor, dass ich das bin. Ist aber schwer, eigentlich unmöglich.

Mein Leben ist viel zu kaputt, um ein Superweib zu sein.

Ein mechanisches Surren zerreißt die Gedankenmuster und gleichzeitig die Stille. Das Telefon klingelt und im selben Moment schreit mein Sohn. Ich gehe auf die Wünsche des kleinen, dummen Behinderten ein, danach kümmere ich mich um meinen Sohn.

So gleitet die Existenz aus meinen Händen und mein Leben schreit nach moralischen Grundsätzen. Doch alles ist so weit weg. So weit, die Träume, so weit weg, die Liebe, so dumm, das Leben.

Valentins Tat

Und wieder suchen mich Gedanken voller Schuld heim. Ich misstraue mir selbst und ich glaube, dass diese Tatsache das Schlimmste ist, was einem Menschen widerfahren kann. Unablegbares Schuldigsein. Wenn Gedachtes einem die Seele vollkotzt, bis diese zu zerplatzen droht, des Voll-gekotzt-Seins wegen.

Ich habe es mit Verdrängung und Drogen probiert, aber die Gedanken haben sich in mir manifestiert und ziehen nun ihre verwundenden Runden. Lassen mich in die Rückhaltlosigkeit des Wahnsinns laufen und träufeln bedächtig Verderben in meinen Kopf. Mein Leben ist nun mal mein Leben. Kann da nicht raus. Es sei denn ...

Suizidgedanken in der Küche. Sitze auf einem Stuhl und höre bewusst Musik. Ich habe mir Kaffee gemacht. Trinke langsam und die Musik ist sehr laut. Der alte, tote Johnny Cash singt für mich. Das Leiden in seiner Stimme ist ein tiefes, lebenserfahrenes und väterlich mitfühlendes. Darin finde ich mich wieder.

Der Kaffee ist heiß und schmerzt leicht im Hals beim Schlucken. Auf dem Tisch liegt eine Schusswaffe.

Ich werde sie benutzen.

Gegen mich.

Sie ist sehr klein vom Kaliber her. Doch der vertrauenswürdige Albaner, der sie mir verkaufte, versicherte mir, sie könne große Löcher in Menschenschädel reißen, die zum Sterben auch ausreichend wären.

Das will ich.

Tot sein.

Dem Leben, den Gedanken, die einen denken, entkommen.

I'm just going over Jordan,
I'm just going over home ...
Johnny Cash

Alles begann mit diesem Abend im Punkrockclub in einem nördlicheren Stadtteil. Der Laden heißt »Durchbruch«. Klingt erst mal sehr revolutionär, doch wenn man mal mehrmals vor Ort war, ist auch diese Magie dahin.

Die Location befindet sich in einem ranzigen Industriegebiet. Programmmäßig bekommt man 'ne Menge aus den Bereichen Hardcore, Punk, Oi!, Ska und so'n bisschen Metal-Musik. Für einen Wochenendeinstieg genau das Richtige.

Da saß ich also im »Durchbruch« und hatte schon einiges intus. Das Bier lief an diesem Abend wirklich gut, und frisch gezapft ins saubere Glas macht dieser uralte Männerdrink doch am meisten Spaß.

Ich sinnierte ein wenig über ein Gespräch, das ich am Vortag mit einem Arbeitskollegen hatte. Ich vertrat wieder meine Meinung, dass Bier in Plastikflaschen, das aufgrund von pseudoökologischen Gründen das gute alte Dosenbier fast ganz verdrängt hat, ungenießbar sei des Plastiks wegen. Weil da immer noch zu viele Chemiepartikel im Bierchen rumwabern, die den Geschmack trüben.

Mein Arbeitskollege Karl war aber der Ansicht, dass es sich beim Bier verhalte wie beim Menschen, es gehe schließlich um die inneren Werte. Egal, ob Flasche aus Glas oder Plastik, ob gezapft im Pappbecher oder mit alter Metallummantelung, schließlich gehe es ums Bier. Ich fand diese Argumentationskette äußerst schlüssig und vor allem sehr menschlich.

Karl ist Bagger fahrender Philosoph, ohne davon zu wissen. Trotzdem ist Dosenpfand verbraucherunfreundlich.

So denke ich also, während plötzlich Sick of it All gespielt wird. Geiler Hardcore. Es wird Vollkontakt getanzt. Guter Pogo. Ich bin dabei. Hingabe.

»In the underground, intrigity lies within
in the underground
image doesn't mean a thing ...«

Menschen brechen an Menschen. Man liegt betrunkenen anderen Menschen in den Armen und fremde Körper taumeln durch die Gegend. Überall geballte Fäuste, gen Himmel gereckt.

Mittendrin diese kleine Frau, die ich hier noch nie gesehen habe. Ein Skinhead-Girl. Sie trägt kurze blonde Haare zu gammeligen Kaputthosen, einem durchgeschwitzten weißen Unterhemd und fetten Stiefeln. Sie tanzt wie eine Billardkugel. Eckt an, fällt, steht auf, springt mit den Füßen voran zurück in die Tanzmasse. Sie ist klein und wendig und tanzt, als gäbe es kein Morgen und keine Liebe. Sie gefällt mir.

Später dann steht sie allein an der Bar, raucht und trinkt Bier. Ich denke nur, dass ich nicht weiß, wie Anmache geht. Trotzdem versuche ich Kontaktaufnahme.

Stelle mich an die Bar in ihre Nähe, ebenfalls Bier bestellend. Drehe dann 'ne Kippe und tu so, als ob ich in meinen Hosentaschen nach einem Feuerzeug suche. Die gute alte Feuer-Nummer. Und tatsächlich zündet sie vor meinen Augen mit ihrem Feuerzeug eine Flamme, in die ich meine Zigarette halte und erleichtert inhaliere.

»Danke«, flüstere ich. Ihr Blick trifft mich genau in den meinen. Meine Standardanmache geht weiter: »Öfter hier? Hab dich hier noch nie gesehen. Wer bist du?« Und plötzlich führen wir ein Gespräch, denn sie hat auf all meine Zitterversuche reagiert und aus ihr bricht nun ein Wortschwall des Vertrauens.

Sie heißt Paula. Ich sage ihr auch meinen Namen und sie muss erst mal lachen, so wie viele. Valentin ist für 'nen Typen in meinem Alter eine untypische Bezeichnung. Aber so heiße ich halt und irgendwann hört sie auch auf, deswegen zu lachen.

Im weiteren Verlauf des Abends heben wir noch anständig viel Bier, rauchen 'ne Menge selbst gedrehter Kippen und freuen uns über den gelungenen DJ-Set aus Punk, Hardcore und Ska.

Wir reden über Politik, Arbeitslosigkeit und bemerken beide, dass unserem Land auf jeden Fall Linksdruck fehlt. Schon mal keine stumpfe Nazibraut, denke ich und freue mich über ihr Lächeln und ihre zärtliche Stimme, die in einem sehr weiblichen Körper zu wohnen scheinen, der nur fassadenmäßig auf hart getrimmt ist.

Wir reden auch über Musik und bemerken massenhaft kulturelle Gleichheiten. Darüber freuen wir uns und betrinken uns fleißig. Außerdem mögen wir ähnliche Filme, die einer gewissen Gewaltdarstellung nicht abgeneigt sind. Paula und ich sind verdammte Realisten.

Der »Durchbruch« macht dann irgendwann dicht und das grelle Saallicht aus Neon trübt die Gemüter und will das Publikum vertreiben. Paula sucht ihre Jacke. Als sie vollständig bekleidet vor mir steht und in meinen Augen wohl Angst, sie zu verlieren, sichtbar wird, nimmt sie meine Hand und lädt mich spontan noch zu 'nem Bier bei sich ein. Sie wohnt nicht weit von hier.

Nach viertelstündigem schweigsamem Fußmarsch kommen wir bei ihr an. Ein abgewracktes Mehrfamilienhaus am Rand des Industriegebietes. Da steht ein Auto am Straßenrand mit einem »Böhse Onkelz«-Aufkleber.

Ach, wie fragil sind doch die Rücklichter deutscher Autos, wenn sie auf englische Springerstiefel treffen. Plexiglas splittert kleinteilig durch die besoffene Nacht.

Gemeinsames Paula-Valentin-Lächeln.

Auf ihrer Wohnungstür steht »Heroinspaziert!«. Wir gehen rein und die Skinhead-Girl-Singlewohnung sieht so aus, wie ich sie mir vorstellte. Unaufgeräumt. An den Wänden Poster von Filmen und Bands. In der Küche 'ne Menge nicht gewaschenes Geschirr. Pizzakartons, die mal den schnellen Assi-Snack für zwischendurch beinhaltet haben.

Schön hier. Paula holt Bier aus dem Kühlschrank, gekühltes Flaschenbier. Es wird immer schöner in der Bude der Bezaubernden. Wir trinken und ich sehe mich begeistert um.

Nach minutenlangem Schweigen und Schauen bietet mir Paula an, die Nacht hier zu verbringen. Das kommt mir aus praktischen – meine Wohnung ist in einem anderen Stadtteil – und emotionalen – Paulazauber – Gründen sehr gelegen. Wir gehen ins Schlafzimmer, auch hier herrscht wohnliches Chaos. Auf dem Boden liegen Unterwäscheteile, Essensreste und 'ne Menge Papier in Gestalt von Zeitungen, Briefen, Prospekten, Flugblättern.

Unweit der Grenze des Sonnenaufgangs verfallen wir in tiefe Küsse, die nach einer zauberhaft durchgefickten guten Viertelstunde in einem gemeinsamen Orgasmus gipfeln. Der Auftakt dieser Zusammenkunft hätte perfekter nicht sein können. Ich fühlte mich wie eine kaputtgekitschte Romanfigur von Nicholas Sparks, dem alten Frauenversteher. Normalerweise finde ich solche Gefühle eher abstoßend, aber die Magie, die von Paula auszugehen scheint, bügelt die Atmosphäre so glatt, dass auch Liebe plötzlich wieder zu ertragen war.

Da liegen wir dann, als sich die Nacht zum Tag umgestaltet, ganz zärtlich unter ungewaschenem Stinkebett und ich werde frisch gefickt auf dem Rücken liegend gefragt: »Sag, schläfst du auf deinem Bauch?« Meine Antwort: »Nö!« Ihre Frage daraufhin: »Darf ich es dann tun?« Meine Worte: »Sicha!«

Die Auferstehung der Brachialromantik. Magie in Zimmern, in denen man keine erwartet. Das Beste an Paula ist Paula selbst. Das Beste an uns sind wir zwei. Alles ist von einer Güte und Zärtlichkeit umspielt, die mir die Tränen in die Nähe meiner Augen schiebt.

So begann es also mit Paula, und von diesem Zeitpunkt an führten wir eine spontane und ausfüllende Beziehung. Sie bestand überwiegend aus Kommunikation, Kultur und viel Sex. Wir redeten wirklich viel über unsere Vergangenheit und unsere Vorstellungen über die Zukunft. Sehr häufig waren wir in Alternativclubs zu Gast und soffen deren Bars leer. Außerdem liebten wir beide Konzerte. Und wenn uns die Leidenschaft überkam, fickten wir, bis es wehtat.

Und es tat häufig mal weh.

Paula war perfekt für mich. Kumpel und Sexpartner in Personalunion. Sie stellte für mich die allumfassende feminine Persönlichkeitsstruktur dar. Wir gingen tief in unseren Gesprächen, und da war noch mehr schutzbedürftige Weiblichkeit in ihr, als ich anfangs vermutete. Aber ich war für sie da, wann immer sie meine Nähe brauchte. Es war ganz anders als mit früheren Partnerinnen, bei denen ich immer dachte, meine Partnerin darf ruhig 'ne eigene Meinung haben, soll aber auch stark genug sein, diese für sich zu behalten.

Jetzt war da Fieber, jeden Tag. Die Allmacht der Liebe und deren Fesseln. Meine Hände gebunden, wie all meine Gedanken. Gebunden an sie. Die eine, die Vollkommene. Paula.

Wir stellten immer mehr Gemeinsamkeiten her und fest. Bier trinken, Zigaretten rauchen. Sich ins Delirium ficken. Sitzen und gucken. Leute beobachten. Schlechte Witze erfinden und schlechte Witze sein.

Auf lovely Paulas Balkon sitzend, hatten wir mal den gemeinsamen Wunsch, ein Gewehr zu besitzen. Einfach aus der Idee heraus, Leute aus dem sichersten aller Hinterhalte heraus zu liquidieren. Peng, der Altnazi von nebenan, peng, die fiese, verbeulte Haushälterin von Paulas Nachbar, peng, das freche Kind, das andere Kinder anspuckt. Tong, Schmerz für alle, die nicht sind wie wir. Wir wünschten uns Gewehre, Granaten und Raketen und verbrachten einen wunderbaren Sommer voller kranker

Gewaltfantasien. Passanten strandeten vor dem Balkon und jeder, der nicht wir oder zumindest so wirr war, dem war eh nicht zu helfen. These were the times ...

Irgendeinen Mittwoch dann wollte ich sie in ihrer Wohnung besuchen. Als ich ankam, sah ich nur ihre großen verheulten Augen und trat in eine erbärmliche Stimmung ein. Paula saß auf einem Stuhl in der Küche, und aus ihren rot geflennten Augen tropfte salziges Wasser. Die Tränenflut meiner Freundin ließ mich verzweifeln, denn ich kam nicht zu ihr durch. Sie ließ keine Umarmung zu und keinen Trost. Ich versuchte es mit Worten und mit Küssen, aber nichts davon entsprach ihrem Wunsch.

Nach etwa zwei Stunden zermürbender Wartezeit war sie ansprechbar. Zwischen Schluchzen, Weinen und Luftholen hörte ich nun nur: »Ich bin schwanger, scheiße schwanger ... kann kein Kind ... will nicht ...«

Ich war vollständig verwirrt. In einem Augenblick baute sich vor mir die mystische Welt der Vaterwerdung auf, die gleichzeitig von Paula zerstört wurde. Sie war beim Arzt gewesen und für eine offizielle Abtreibung war es bereits zu spät. Ihre Idee war es dann, dass ich die Abtreibung vollziehe – und zwar mit 'ner Stricknadel. Diese Idee war ja wohl vollständig durchgeknallt.

Ich wollte einfach gehen, aber sie stellte sich mir in den Weg. Sie sagte, sie liebe mich. Unendlich und noch mehr. Die Sache wäre doch auch in meinem Sinne. So 'ne Scheiße! Abstrakte Verstrickung der Wirklichkeit. In ihren verheulten Augen war aber ein hohes Maß an Liebe zu erkennen. Liebe und Hilflosigkeit. Damit nahm sie mich immer gefangen und das wusste sie.

Schließlich gab ich nach. Und es folgten ein fragiles Lächeln ihrerseits und Kopfschmerz erzeugende Zweifel meinerseits.

Sie holte aus der Küche die Stricknadel und gab sie mir in die Hand. Das Ding war ungefähr zwanzig Zentimeter lang. Damit sollte ich das Zellending herausholen. Wir trafen also die Vorbereitungen für den Eingriff.

Ich ging in die Küche und setzte auf ihrem alten Herd in einem kaputten Topf Wasser auf. Damit wollte ich die Nadel desinfizieren, so gut das eben hier möglich war. Paula legte sich ins Schlafzimmer auf ihre Matratze und zog ihre Hose aus. Als das Wasser schließlich kochte und ich die Nadel mehrfach durch die blubbernde Flüssigkeit gezogen hatte, kam ich zu ihr. Sie lag da, mit gespreizten Beinen, zitternd und Selbstsicherheit heuchelnd. Ich beugte mich zu ihr runter. Kniete mich neben sie und sah sie an.
   In meinen Augen tausend Fragezeichen, doch sie nickte und gab damit den Handlungszwang an mich weiter.

Die Nadel war noch lauwarm. Ich steckte sie ihr langsam in die Vagina und hielt dabei eine Hand auf ihrem Bauch. Da war es drin, das Zellending. Das schleimige, tranige, ungenaue Ding.
   Ein Basismensch.
   Ungeboren,
   ungewollt und trotzdem so was von existent.

Millimeter für Millimeter verschwand die warme Nadel in Paulas Unterleib. Sie zuckte, und ich versuchte, sie mit der Hand auf dem Bauch zu beruhigen, indem ich sie kreisen ließ. Sie begann leise zu wimmern und zu weinen, und die Nadel ging ihren Weg in sie hinein. Dann plötzlich ein Widerstand.

Ich hatte ihn angestochen, den Embryo.

Sekunden später tropfte zäher dunkelroter Schleim aus Paulas Mitte. Mir kamen die Tränen, wenige, aber intensiv geweinte.

Die Nadel führende Hand begann zu zittern. Paula huschte ein Lächeln übers Gesicht. Durch ihre Tränenfront war ein erleichterter Gesichtsausdruck zu erkennen, als sie erkannte, dass der Zellenschleim auf ihr ranziges Bettlaken rann. Die gallertartige Masse floss aus ihr heraus. Geburt verhindert. Das sollte ein Mensch werden ...

Vorsichtig entfernte ich die Nadel aus Paulas Genitalien. Wieder nur millimeterweise. Es blutete weiter. Ich holte Handtücher, um die embryonalen Reste damit aufzufangen. Blut sickerte tief ins Laken. Paula war schwach, aber sie lächelte.

Ich holte noch eine Decke und warf sie über Paulas halb nackten, frierenden Körper, sodass nur noch ihr kurzhaariger Schädel sichtbar war. Sie drehte sich auf die Seite. Ich zog mich auch aus und legte mich neben sie. Sie schlief ziemlich schnell ein, und ich legte einen Arm um sie, der ihr meine Liebe versichern sollte. Ihr irgendwas geben, genommen hatte ich schon genug.

In der Nacht bekam Paula Fieber. Sehr hohes Fieber. Ich bekam davon nichts mit. Ich schlief einen traumlosen Schlaf, umhüllt von fieser Finsternis.

Am nächsten Morgen erwachte ich neben Paulas Leiche. Sie war noch warm, aber tot. Gestorben in der Nacht der

nachträglichen Empfängnisverhütung. Ich drehte sie um und bemerkte ihre Leblosigkeit. Schockiert stand ich auf. Mein Herzschlag im Kopf.
Panik.
Paula.
Sie war weg. Ihr Blick leer. Kaum noch Farbe. Tot. Tot. Unendlich tot, die Paula. Panisch zog ich mich an und verließ die Wohnung.

Und jetzt sitze ich in meiner Küche und der Moment, in dem ich mein Leben in Richtung Tod schicke, rückt sekündlich näher. Vor mir liegt die kleine Pistole auf dem Tisch, neben der Kaffeetasse, aus der Paula auch schon getrunken hat. Ich habe zwei Menschenleben auf dem Gewissen. Habe meine Liebe und mein entstehendes Kind getötet. Ich war es und auch ich habe nichts anderes verdient als den Tod.
Die Entscheidung ist gefallen. Exekutionskommando nicht aufzuhalten. Innerer Amok und doch keine Angst. Ich halte mir die Knarre an den Kopf, lade sie durch und suche einen Punkt, an dem ich ein Loch reinmachen werde, damit mein Leben aus mir rauslaufen kann. Die waffenführende Hand ist unsicher, wo sie die Pistole positionieren soll, und zittert.
Ich entscheide mich dann doch für eine Stelle. Schläfenkontakt. Metall trifft Haut.
Abzug.
Ein Geschoss gewährt sich Schädel splitternd Einlass in mein Innerstes. Ich bemerke, wie die Kugel auf der anderen Seite, ebenfalls Knochen durchdringend, wieder austritt. Ich habe mich entschlossen.
Ich habe mich erschossen ...

... und bemerke, wie ich vom Stuhl falle. Ich spüre Blut aus meinem Kopf laufen. Es wird dunkel, aber mein Bewusstsein erlischt nicht. Ich pralle auf den Küchenboden und empfinde sogar noch Schmerz. Hinter den Augen ist der Schmerz und überall im Kopf. Auf dem Weg in den Himmel. Süße Ohnmacht befällt mich.

Als ich wach werde, spüre ich eine Hand an meiner Stirn. Die Hand Gottes, die mich zu besänftigen versucht? Ich hoffe auf einen Himmel voller Güte und auf Verzeihung meiner Taten. Dann höre ich die Stimme meiner Mutter. Wie kommt die denn hierher? Bin ich gar nicht tot? Ich fühle mich lebendig, von schwärzester Farbe umkleckert. Unangenehmer als das Sterben selbst.
    Dann die Gewissheit: Existenz, Atem, Herzschlag: alles da.
    Scheiße.
    Mutters Stimme obendrein.
    Sie erzählt mir, dass mein Suizidversuch fehlgeschlagen ist, ich aber blind bin. Die Pistole zu weit vorn am Schädel angesetzt und lediglich die Sehnerven durchschossen.
    Die Aussicht auf Erlösung ist mir vorerst genommen und ich bin wieder Mutters Kind. Mir fehlen Paula und der unfertige Mensch. Beide habe ich getötet.

In mir geht ein wirrer Emotionsextremismus ab und meine Wut manifestiert sich schließlich in unsichtbaren Tränen.

Ungeborene Gedanken

Da war es. Samenzelle, Eizelle, Unity.
   Ich entstand.
   Im Quellwasser des Lebens.
   Hineingeschleudert.
   Die Wahrnehmung auf dem Nullpunkt.

Es wuchs.
   Ich heran.
   Am Leben teilzunehmen. Lieber nicht. Noch eine Warnung, ausgeschlagen. Ich hatte schon Arme und Beine.

Nur zu sein ist doch das Allerschönste. Lediglich lieblich zu schwelgen.
   Fruchtwasserbar.
   Zweimal bitte, aber mit Eis und Drama.
   Kommt sofort. Danke. Bitte.

Ein Gefühl von Mütterlichkeit.
   Die Plattheit des Daseins ist schon viele Stunden alt.
   Die Zusammenfügung von Ernährung und Bewusstsein.

Gewollt sein?
   Willkommen sein?
   Echt sein?

Werde ich eine Ausbildungsstelle bekommen?
Ich mache mir Sorgen und lache mich aus ...

Meine Eltern.
Wind und Wetter.
Alles Liebe.
Die Innenansicht meiner Mutter sieht ein wenig kaputt aus in den letzten Tagen.
Der Schwanz meines Vaters klopft an meinen Kopf.

Kann ich das umkrempeln?
Die Mutter nach innen ziehen, mich nach außen? Mal kurz von der Welt kosten?
Die Zunge in die Tragik stecken?

Ne, doch nicht.
Lieber zurück.
Der Lärm da draußen. Nichts für Ungeborenheit. This place is hardcore. Ich bin die nackte Unbekümmertheit.

Lasst mich hier drin!
Ärzte und Mütter.
Lasst mich denken!
Nur denken.
Nie will ich handeln. Nichts wissen, außer das hier.

Was ich sehen kann, ist toll, reicht voll und ist so, wie es sein soll. Die menschliche Verpflichtungslosigkeit. Heute habe ich meine Mutter weinen hören.

Aaahhh, aaahhh, aaahhh! Ein Fremdkörper quer in meinem Hals. Unter Ausschluss der Öffentlichkeit wird mein Dasein revidiert.

Als ich beginne, kommt da ein Ende.
Frontal.
Ein Ding, zur Auslöschung benutzt.
Es ist desinfiziert.
Warum wird die Todesspritze desinfiziert?

Seele brennt.
Ich bin schon eingestürzt.
Man hat es mir genommen, bevor ich es bekam: das verdammte Leben. Ach, wer braucht denn schon ein Leben?

Am Ende bin ich noch als Saft auf einem Laken. Da ist dann Licht und sonst nichts außer Ausgang.
Kein erhabenes Irgendwas.

Selbstbezichtigungsschreiben

Die Welt ist so klein. Jeder kennt jeden. Es ist ein Dilemma. Die Menschen wachsen. Ihre Gehirne sind nicht mehr imstande, all das zu kontrollieren.

Ich habe es getan. Dokumentation der Neuzeit. Ich bin der Täter. Ich bin das Kind.

Neu, gierig und naiv.

So, liebe Mäusekinder, das war die Geschichte. Und jetzt alle husch, husch ins warme Bettchen. Morgen ist auch noch ein Tag. Zumindest steht das auf diesem dummen Kalender, der einfach nicht anhalten will.

Eins noch:
Ach, nichts.

Ich danke:
Mir selbst.

Aber auch: Lesern und Bücherregalbesitzern. Und außerdem: Verstehern und Miss-Verständigen. Blickern und Blinden. Kaputten und Fertigen.

Lest mehr Gedichte

Lyrik & anderes

Besserungsanstalt

Ausgelachte
Kleingemachte
Überdachte
Mit fetten Bäuchen
An den Schläuchen
Des Konsums
Unabgenabelt
Ganz verkabelt
Kontrollierte Wesen
Und Geschöpfe
Sie verwesen
Ihre Köpfe
Sind zu leer
Denken nicht
Denken nicht mehr
Sehen kein Licht

Da es bald immer dunkel ist
Und immer dunkel bleibt
Wird Melancholie
Als Temperament uns einverleibt
Einem jeden, der bestehen will
Und kann und muss
Und Gnadenkuss
Zum Schluss ein Schuss

Zerteilt den Schädel
Und kein Mädel
In der Welt weint
Weil es immer dunkel ist
Und jeder/keiner hat's gesehen
Wie Gehirn durch die Atmosphäre strömt
Man hat sich dran gewöhnt
Denn alles wird multimedial
Projiziert, scheißegal
Ist nichts, um alles in der Welt
Beschissen um alles
Erschossen um nichts
Abseits des Lichtes

Findet Dunkelheit statt
Und satt, allzu satt

Ist der Kopf vollgestopft
Bis an den Rand
Medial vergewaltigt
Und jeder ist bekannt
Jeder ist ein Star
Immerdar
Sie machen dir klar
Dass du es bist
Kapitalist
Egal, die kranken Banken
Versichern dich in Schranken
Machen den Vertrag
Dir zu Sarg
Sag, schön ist der Tag
Schön die ganze Welt

Die zerfällt
Während du dastehst
Mit dem Geld
Das man dir gab
Und ihnen gehört
Schmeiß es weg
Bevor es dich frisst
Gestorben wie alle
Die man
Schnell vergisst
Und weg und vergraben
Bist du schnell in ihrem Namen
Denn sozial
Ist egal
Und du
Bist der Nächste

Es sei denn ...

Kaputtgequizt, vertalkshowt
TV ist Gehirnradiergummi
Zellen sterben haufenweise
Verstummte Zimmer
Zerschlagene Familie
Wie so oft, Figuren
Versoapoperat
Von Mangas in die Mangel genommen
Keiner kann entkommen
Der den Schalter nicht drückt
Sich selbst beglückt
Und Stück für Stück
Realität für sich entdeckt

Und schmeckt
Den Geschmack
Der Wahrheit
Keine wahre Ware Lüge
Nein, nur Leben zu Genüge
Ich vergnüge
Mich schon
Ohne Strom
Denn es ist Krieg
Doch immer noch
Gedanken, was das soll
Keiner laut denkend
Sich als Soldaten verschenkend
Explodieren sie bald auch hier
Und dann wird's dunkel
Es wird Nacht und nicht mehr hell
Und das ist gut so, weil es echt ist
Und der Mensch
In letzter Konsequenz
So ist
Und Licht erlischt
Weil's der Mensch löscht

Ende
Keine Hände
Staub
Menschenraub
Von Menschenhand
Unser Land
Und alle Länder
Global vereint
Als größter Haufen Scheiße

Im Universum
Wie es scheint

Nur scheinbar lächelnd
Glasgesichter
Henkerrichter
zerspringen
und springen herum
zelebrieren ihren Wahn
ohne Sinn für Eigentliches
oder eigenes
nur die belanglose Traurigkeit
des Individualisten
verpackt in kleinen Kisten
in die Welt verteilt
wenn dieser sich beeilt
ist es nie zu spät
weil ein Gedanke
uns berät
und der Widerstand
aus Sachverstand geboren wird
und nicht mehr stirbt
aus medialem Liebesentzug
genug ist genug
und Betrug ist Betrug
es wird dunkel
es wird kalt

was nicht dasselbe ist

ich vermisse
meine Besserungsanstalt

denn der Aufenthalt
darin
macht Sinn
für mich

ich faste
bevor ich raste

Aus!!!

Dilemma 02

Die neue Zeit
Ist endlich da
Oder:
Ein Katapult
Des Todes

Nehmt uns die Geschichte
Und uns gefangen
Nehmt uns unser Schicksal
Und unsere Helden

So bekamen wir, wonach wir fragten,
aber nie das, was wir wollten ...

Aber wir wollten ja auch nicht siegen,
nur kämpfen ...

Dokument Ende

Und sie ficken sich, weil sie zu traurig sind zum
    Denken
Niedergeschlagenheit macht sie unendlich nüchtern
Aspirin im Garten auf halber Höhe nicht ein Zwerg
Und wer Böses dabei denkt, wird lebendig vergraben

Von denen, die's wollen und unverdrossen sind
Erschießen sie sich um nichts und sterben wegen allem

So geht das Leben nicht einen Millimeter weiter
Nur kein Ausgang da, der schmerzlos wäre
Weil Angst da wohnt, wo man täglich vorbeimuss
Und der Bruder und die Tiere und der schwere Wein,
Der die Gedanken alle macht und Kraft ins Gehirn schießt
Aber da ist eine Mauer, wo da Leute, die's verbieten
Umso intravenöser ich nervös werde, ist da schon totes Gewebe in meiner Brust
Kurz vorm Sterben noch gedacht und dann doch dem Tod entgangen
Und kein Atemzug um den nächsten schläft mit sich ein
Und das Ende wird ein wenig besser als meistens, denn oft ist Anderswelt
Kontrollverlust ist Programmvorschau und Massenzerstörung von Zellen
Da war ich alkoholisiert und weiß nur noch die Sekunde, als Kotze aus dem Mundwinkel trat
Und weil die Wut kein Kind mehr ist, fickt sie die Vernunft tot
Vergewaltigung und eine Philosophie, die auch Gott langweilt
Geistlos und gespenstisch sind diese Stunden und gut, dass ich schreiben kann
Von dieser Unmöglichkeit des Daseins und Hilfe ist nur vom Ich möglich
Und dieses eilt zu mir, mich zu trösten mit wenig weisen Worten,
Die billig hier nun verrotten, Dokument Ende!!!

Geschändet

Aller Anfang
Beginnt Ende März
Hand auf's Herz

Das unaufhaltsam Wunderbare
Kam in die Jahre
Und starb letztendlich
Unabwendlich

Alles was ist
Ist fühlbar tief
Und meine Hingabe
Naiv

Und Leidenschaft
Schreibt Dramen
Unterschreibt
Mit meinem Namen

Engel fressen Prinzen auf
Der Dinge Lauf
Beendet

Geschändet!!!

Phantomschmerz

Du hörst Klassik am Kamin
Und Dancefloor in der Disco
Du fährst gerne nach Berlin
Er sagt: Ich liebe dich
Es ist so

Und du saugst an Cocktailhalmen
Und an Filterzigaretten
Die in deiner Hand verqualmen
Du hast vergessen, mich zu retten

Forsch in dir nach Liebe zu mir
Und wage vage Erinnerung
Ich träum mich durch die Luft zu dir
Küss mich, schenk mir Linderung

Komm raus ins Reine, komm sei die Meine
So wie es gewesen ist
Ich liebte so wie dich noch keine
Dich vermissend, ungeküsst

Von der Zukunft habe ich geträumt
Ich sehne mich nach deiner Haut
Du hast die Träume ausgeräumt
Und dennoch bist du mir vertraut

Als wärst du mal mein Körperteil
Und jemand hat dich abgehackt
Mit einem scharf geführten Beil
Und niemand hat nach Schmerz gefragt
Wenn ich mich jetzt an dich erinner
Und dich in mir sehe
Dann sitze ich in meinem Zimmer
Und du gehst deine Wege

Nicht alleine, nein, mit anderen
Menschen, die dich ein Stück begleiten
Oder länger mit dir wandern
In sicherlich andere Zeiten

Du hast dich amputiert
Und dich woanders eingepflanzt
Ich bin es, der friert
Ja, und du bist die, die tanzt

Tanze weiter, tanze, lache
Leb dein Leben ohne Reue
Und wenn ich mir Gedanken mache
Mit denen ich mich mit dir freue

Dann spricht aus mir die Ehrlichkeit
Ich wünsche dir das schönste Leben
Und ein Mensch, der's ehrlich meint
Soll dir neue Liebe geben

Ich ziehe mich nun zurück
In Dichtung und Musik
Ich wünsche dir unendlich viel Glück
Ich befinde mich im Krieg

Protestkultur

Der Kapitalismus auf dem Höhepunkt
Und das Volk fast gen null verdummt
Und der Dichter, der die Deutschen hasst
Lebt in Deutschland, angepasst
Protestkultur, erwache wieder
Man hört nur noch Opferlieder
Doch dass Opfer auch zu Tätern werden
Dieser Umstand liegt im Sterben
Ein Traum, der verkommt
Und ungelebt stirbt
Den Träumer enterbt
Und die Zukunft blockiert

Das multimediale Fegefeuer
Gebärt uns neue Ungeheuer
Und zur Realitätsverfärbung
Bombadiert man uns gezielt mit Werbung
Macht doch mal kritische Bekanntschaft
Mit der Medienlandschaft
Und erzählt dann der Verwandschaft
Wer in den Medien so anschafft
Das sind Prostituierte
Funktionierende Sklaven
Die weder eine Meinung noch Gewissen haben
Meinungen sind irrelevant

Haben keinen Wert
Sinnentleerte Worte
Denen niemand mehr zuhört

Da bin ich lieber mein eigenes Volk
Armee und Staat und Präsident
Terrorist und Konsument
Regierung und Opposition
Autobahn und Kanalisation
Randgruppe und Subkulturen
Kinder, Krieger, Billighuren
Aktivist und Splittergruppe
Die stumpfe graue Einheitssuppe
Auf jeden Fall ein Staat im Staat
Der in sich kehrt und Feinde macht

Öffnet Auge, Mund und Herz
Radikalisiere nicht zum Scherz
Fangt die Sabotage an
Bildet Banden irgendwann
Kommt zu Bruch, was kaputt gehört
Von euren Händen mit zerstört

Vorwärts ...

Köterrevanche

Den Knigge mit dem Knüppel lehren
Wird unter Hunden Krüppel mehren
Des geprügelten Hundes einzig Begehren
Ist jenes, nicht mehr geprügelt zu werden

Doch wehrt er nicht und steht er still
Weil Mensch, sein Herr, es von ihm will
Und Knüppel, Stangen regnen nieder
Und brechen ihm das Rückgrat wieder

Der Hund hält aus, weil er nicht beißt
Und aushält, was man auf ihn schmeißt
Doch eines Tages, so sein Sehnen
Kriegt er die Chance, sich aufzulehnen

Menschheit, du bist in Gefahr
Der Tag der Hunde, er ist nah

Zeichen

Feiert die Symbole
Und verachtet sie zugleich
Denn sie zeugen geist'ge Armut
Und doch machen sie uns reich

Lasst uns großer Amok sein
Das Symbol dafür uns eignen
Doch jene, die zerstörend kommen
Lasset sie uns leugnen

Der überquellend Liebe Herz
Zündet wild mein Feuer ufernd
Doch Phrasendrescher ignorierend
Die Floskeln werfend irre rufend

Ein Mensch, der strebt, Symbol zu sein
Und and're mordend überrennt
Symbolisiert die dünne Linie
Die den Menschen vom Wahnsinn trennt

Lachet allen Farben
Die mit Schönheit uns umgarnen
Entnehmt dem Kuss die Liebe
Und gebt ihr einen Namen

Lasst uns Kinder gebären
Die Natur zu ehren
Lasst Symbol uns sein
Für Sonnenschein

Whitney!!!

Whitney Houston, diese Drogenfickschlampe. Steht vor Soldaten. Singt die Hymne von Streifen und Sternen. Die Hymne des Kapitalismus. Einige weinen. Whitney verdient hundertvierzigtausend Dollar. Davon kauft sie sich Koks und Whisky. Drogenfickschlampe.

Vier Generationen zurück waren die HoustonPisser Sklaven. Auf Baumwolle. Peitschenhiebe. Vergewaltigungen. Morde. Das ist heute vergessen. Für Amerika. For the land of the free. Sie schreit. Einige weinen. Einige weinen immer. Heute Soldaten. Morgen Soldaten. Übermorgen Soldatenangehörige.
Ihr Dealer wartet. Hinter der Bühne.

Die Hymne ist vorbei. Die Housten-Drogenfickschlampe lächelt. Weiß nicht, warum. Weiß gar nichts mehr. Will koksen. Dann weiß sie alles. Keiner weiß, dass sie coole Songs schreibt. Über Politik, wilden Sex, krasse Drogentrips und den Weltuntergang. Zwischen den kaputten Bildern ihrer Kindheit. Altes Spielzeug. Dabei blutet oft ihre Nase. Scheiß Koks.

Heute überlegt sie nicht. Was sie singt. Und warum. Und für wen. Die uniformierte Versammlung will ficken. Dazu haben sie in Afghanistan keine Gelegenheit. Vielleicht halten die Neuen ihre Ärsche hin. Oder die ohne Zähne ihre Gesichter. Als Fotzensimulation. Vielleicht.

Morgen ist Krieg. Heute ist Krieg. Gestern war Krieg.
Das Intro eines Traumas. Whitneys Gesang.
George Bush fickt seinen Hund vorm Fernseher. Seine Kinder sind nicht da. Er hat Lust, jemanden zu töten. Blau-weiß-rot. Für immer. Er ist nun mal ein Romantiker ...

Verführerische Worte

Der Antikapitalismus ist die Waffe der Unwissenden
Und Gegenstromverletzten, ein toter Körper
Die Risikobereitschaft der Demonstranten steht in keinem
Verhältnis zur Unmöglichkeit der Revolution
Es wird nur weitere Selbstmorde geben unter den
  Verzweifelten
Denn der Aufruhr hemmt jeglichen gesellschaftlichen
  Vorzug
Wir brauchen eine freie Straße für unseren Konsum-
  verkehr
Für Shell, Bayer und die Deutsche Bank
Wir fordern die Vereinheitlichung des globalen Systems
Zur Vereinfachung der menschlichen Existenz
Für ein friedliches Europa, für eine humanistische
  Staatengemeinschaft
Entscheiden wir uns für eine gesicherte Zukunft
Ohne Terrorismus und die Auswüchse der Anders-
  artigkeit
Für eine krebsfreie Gesellschaft mit moralischen
  Optionen
Und die Straße ist voll vom frohen Volke
Das zu feiern imstande mit Schmerzmitteln versorgt
Natürlich unbetäubt sich im Kreise dreht
Und Zukunft kennt, weil die Vergangenheit erlischt
Denn Vergessen erweitert den Geist für neue Aufgaben

Der emotionale Tod wird zur Unmöglichkeit erklärt
Als Schutzmaßnahme für die menschliche Existenz
Wir brauchen größere Uhren, um die Zeit zu kontrollieren
Unseren einzigen Feind im Kampf gegen unsere Vergänglichkeit
Beschleunigen wir unser Leben, um den Schmerz nicht zu spüren
Zunächst folgt die Verstummung sensibilisierten Lebens
Durch unsere Zensur, nach dem Ermessen aller
Multimedial unters Volk verbreitet
Diese Gesellschaft ist der Grundstein für diese Art zu leben
Das Kapital ist unser Freund, der Antikapitalismus ein unbrauchbarer Leichnam
Wir sind auf dem rechten Wege, frei von Schuld zu marschieren
Kontrolliert, beschützt von der Macht auf unserer Seite
Selbst die Götter sind unserer Auffassung
Wir zirkulieren global auf der Erde
Und nutzen jede Möglichkeit für jeden Anfang

Achtet die Medien
Als Selektionsmöglichkeit zwischen Relevanz und Unscheinbarkeit
Das Medium belehrt Sie
Lassen Sie sich belehren
Hinterfragen Sie nicht, wozu denn kritisches Bewusstsein
Belasten Sie sich nicht mit Politik

All dies geht zu Lasten weiteren Lebens …

Urlaub in deinen Augen

Die Sonne steht nicht mehr steil
Wir können wieder draußen fotografieren
So sanft das Abendlicht
Entführe mich in eine Bar

Ich lichte dich auf der Straße ab
Dein Lächeln unfreiwillig abstrakt
Sensible Blicke, suchen mich
Mein Sucher
Ich suche Sucht und finde dich

So lau der Abend, so laut die Gäste
Wir leeren auch das vollste Glas
Und unter Bäumen überm Gras
Erzählen wir uns einen Splitter Sommer

Das Hotel, die Nacht noch warm
Ein farbloser Schmetterling
Die Zigarette davor
Genieße die Züge
Die vorbeifahren
An unbekannten Gleisen

So schlafen wir ...
So träumen wir ...

Zahllose Fotos
Von deinen Gesichtern
Hier im Süden
Meiner Seele

Verhängnisvoll verhangen

Sei dir sicher
Mein Herz ist entsichert
Sei dir gewiss
Kein Hindernis
Ist unsprengbar

Entflammbar ist
Was uns umgibt
Und nichts kann falsch sein
Was sich liebt
Verhängnisvoll

Und Trümmer
Gibt es immer
Wo Intensität
Tribute fordert
Vergewaltigung

Du scheinst
Sonnenschein zu sein
Und in deinen Küssen
Vermute ich die Wahrheit
Mein Herz in deinen Händen

Als unspaltbar mit dir gelten
Und in Welten

Die niemals
Wahr waren
Ewig sein

In der Nähe der Unnahbaren
Stehe ich allein
Mit der Weltbevölkerung!!!

Fröhliche Weihnacht Überfall

Kriegsschauplatz Weihnachtsfront
Eilige, unheilige Konsumsoldaten
Terror an der Ladentheke
Im gleißend geilen Lichterwahn
Und Feuer aus allen Medien ...

Kauft Liebe
In letzter Minute
Bevor es ein anderer tut
Welch ein Glück
Und welch ein Leben
Frage mich:
Ist es die Dummheit vieler
Oder die Genialität Einzelner?
Oder beides?
Oder nichts davon?

Verschwende Geld, das du nicht hast
Für Zeug, das niemand braucht
Um etwas in den Händen zu haben
und Liebe rechtfertigen zu können
Das Fest der Lüge und der Liebe

Und der restlos Verbrauchten
Mit leeren Händen stehe ich da
Und warte auf die Rückkehr der Liebe
Derzeit ein Secondhandgefühl
Wie ein Lebkuchenherzinfarkt
Süß und niederschmetternd
Wo nicht auch schon unschuldige Kinderaugen
Geschenke respektlos und geringschätzig
Des Wertes abzuschätzen im Stande sind
Unsere Brut hat es zu gut

Lieber sitze ich da
Und werde meinen Wein achten
Als Weihnachten so zu schlachten

Zum Wohl!!!

Wenn sie mich küsste ...

Dies ist ein endloser Moment
Du küsst mich kurz, doch permanent
Ist alles von dir
Um mich
Sicherlich

All diese kleinen Augenblicke
In die ich mich zutiefst verstricke
Und man trifft sich
In der Mitte
Bitte immer wieder
Bitte

Und wir reisen
An entlegene Orte
Und wir reden ohne Worte
Über alles
Was wir wissen
Wenn
Wir uns küssen

Und dieser endlose Moment
Wenn Zeit sekundentreu verbrennt
Umfängt mich sicher konsequent
Weil keine Linie uns mehr trennt

Rotwein

Weine mir einen See
Wenn ich geh

Einen See aus zwei Bächen
Wenn wir nicht mehr sprechen
Stirb einen grausamen Tod
Lieber Idiot

Ich halte von diesen Begegnungen nicht mehr sehr viel
Und die Intimität, die wir hatten, verlor ihren Stil
Und es kam abhanden das Gefühl
Und mein Leben wurde

Schnellstensschnell

Zum Projektil
Eigentlich bin ich ein ganz normaler Typ
Ich hab die Umwelt und sogar ein paar Menschen lieb
Doch wohin uns deine Selbstzufriedenheit trieb
Erkennen wir in dem, was uns blieb
Wir erkennen es in dem, was uns blieb
Und uns
Nie wieder!!!
Lieber will ich tot sein
Als ein Glas von deinem Rotwein

Flieg, Gedanke

Man fand Oleandra
Nackt auf dem Bett
Dieses Billighotels
Auf blutgetränktem Laken
Eine geleerte Flasche Whisky
Ca. 10 Schachteln Zigaretten
Halten einzig und allein
Die Totenwache
Und sind gleichzeitig
Zeugen eines Schrittes
Richtung Ausgang

Ihr Hirn klebt am Spiegel
Das waren ihre Gedanken
Die sie beizeiten um ein Projektil wickelte
Und außerhalb ihres schönen Kopfes verbreiten
    wollte

Jetzt sind ihre Gedanken
Ein undefinierbarer Haufen
Toter Zellen
Vermengt mit Blut
Für Sekunden
Zwischen ihrem Schädel
Und dem Spiegel

Durch luftleeren Raum
Freundlich tänzelnd

Universen, die außerhalb ihres Kopfes
Ihre verwundeten Runden zogen
Mit ihren Gedanken aufzuspalten
So ihr Wille
So diese Tat
Tatsächlich

Ihr Gesicht liegt neben ihrem Kopf
Und lacht über sie
Sie ist aber schon lange weg
Richtung Ausgang

Niemand konnte in ihren Kopf sehen
Jetzt schon
Aber verstehen
Kann man sie trotzdem nicht
Mehr ...

Gott schütze die Models

Cyberleiber
Auf Laufstegen
Pendelnd
Haben keine Lust
Fühlen sich elend
Wollen kotzen
Sollten sie ...

Sie finanzieren
Ihre Drogen
Mit diesen
Pseudoüberheblichen
Kinderschritten

Sind sie an- oder ausgezogen
Fragt man sich
Manches Mal
Wenn sie verstört blinzelnd
Vorbeistolpern

Ihre Erotik ist ihnen auftätowiert
Naive Kaputtgedrogte
Laufen um ihr Leben
Hin und her
Zerrissen

Nach der Show traf ich Claudia

Weinend auf der Treppe
Blonde Haare verkleben nasse Augen
Nichts hilft mehr, sagt sie
Und schießt sich ihren Kopf vom Hals

Sie hat ja so recht …

Die ungewaschene Schlange kotzt in der Backstagetoilette

Der unauffällig Fallende
Der ausgesprochen Lallende
Der nochmal Bier Bestellende
Der auf dem Grund Zerschellende

Die auf Toiletten Leckende
Die Schwanz im Mund Versteckende
Die autonom Betanzte
Die gerade frisch Bepflanzte

Der weiß und kalt Bekachelte
Der keramisch stark Verwackelte
Die Wege in den Untergrund
Sind manchmal ziemlich ungesund

Hier hat man Schlangen kotzen sehen
Weil sie in nassen Höhlen stehen
Die ungewaschen sich hier häuten
Sind morgen die, die nichts bedeuten

Herzklappenkloppe

Ich schlage mit meinen Möglichkeiten
Auf dein Herz
Bis es weich oder hart oder tot wird

Ich schlage mit meinen Gefühlen
Keinen Alarm mehr
Denn sie gehören alle mir
Und gerechte Verteilung ist unmöglich

Sowieso: Gerechtigkeit, was soll das?
Wofür ist das gut?
Unsereins von unten kommend
Strebend nach dem, was sein kann,
Aber nie sein wird, weil gewisse
Nicht namentlich näher erwähnenswerte
Staatssysteme einbetoniert sind

Und Freiheit: Was ist das?
Wahrscheinlich die Option unter zu vielen
Optionen
Verrückt zu werden, sich zu verlieren,
Einen Arzt zu suchen, an der maximalen
   Optionsvielfalt
Diverser Möglichkeiten an Behandlung weiter zu
   scheitern,

Mit Erfolg behandelt zu werden,
Um dann wieder in die Welt entlassen zu werden,
Die immer noch zu viel bietet?

Ich schlage auf mein Herz.
Mein Herz schlägt zurück.
Blut strömt Lebendigkeit in den Zellhaufen.
Ich bin glücklich, weil ...

Literarisch wertvoller Zwischenblick
Interview mit Dirk Bernemann

Es trafen sich ein Interviewer
Und ein Ich-kann-schreiben-Tuer
In einem Café bei Kaffee und Plätzchen
Für ein Intellektuellenschwätzchen

Frage, Antwort, oder wie?
So fragt der Interviewer nach der Strategie
Und der Autor sagt: Wir reden in Gedichten
Denn wir haben den Stil und wir haben die
   Geschichten

Die Bedienung kommt an den Tisch
Ein Weizenbier und einmal Fisch
Für mich die Nudeln und die Soße
Und eine Apfelschorle, große

Guten Tag, Herr Bernemann
Fangen wir von vorne an
Sie schrieben einst ein Buch
Für viele ein Versuch
Der Literatur das Kotzen zu lehren
Und viele mussten sich beschweren
Wegen vieler sprachlicher Eigenarten
Die bei ihnen im perversen Garten
Auf atomverseuchten Boden gedeihten

Und damit die sprachliche Landschaft entweihten.
Doch eigentlich will ich nur wissen
Wie geht es Ihnen denn inzwischen?

Nun, also nach dem dritten Buch
Hab ich noch lange nicht genug
Ich sah nur, wie der Markt sich transformiert
Wenn man was Radikales ausprobiert
Antipop, so nennt man das
Für manche Menschen viel zu krass
Und für einige, nur das sind wenig
Bin ich gekrönter Wörterkönig.

Oha, davon hab ich gehört
Sie haben mutwillig zerstört
Was manchen als Geschmack bekannt
Sie kotzten einfach so ins Land,
Was viele zwar schon zelebrierten
Jedoch aus Sicherheit ignorierten.

Genau mit dieser Qualität
Hab ich die Leute umgemäht
Plötzlich kannte man meinen Namen
Und ich pflanzte weiter Samen
Mit Satz um Satz und Wort um Wort
Zum kollektiven Massenmord
Dabei habe ich festgestellt
Dass Underdog am schönsten bellt.

Jaja, die schöne Theorie
Dass für Proletarier wie Sie
Einmal im Leben die Tür aufgeht

Und davor ein Leben steht
In dem man hat, was viele missen
Die leben mit den Kompromissen
Der Alltäglichkeit und ihrem Grau
Mit zwei Kindern und 'ner Frau
Und Sie hängen als Boheme
In Bars herum, wie angenehm.

Nun ja, dieses Autorending
Ist schon schön, aber ich zwing
Mich täglich in das Kreative
Ich bin nicht dieser scheiß Naive
Dem einfach ein Talent zufällt
Und der das Jahre aufrecht hält,
Weil der Erfolg kein Muster hat
Bin ich als Künstler niemals satt.

Ihr Schreiben hat misanthrophische Tendenz
Was sind Sie privat für ein Mensch?

Nun ja, ich spiele Golf und lese Zeitung
Ich komme nie ohne Begleitung
Ich backe auch gern Himbeerkuchen
Und fahr ins Ausland, Minen suchen.
Ich bin nicht dieser Kettensäger
Fragen Sie meine Verleger
Ich bin ein Mensch, ganz unauffällig
O. K., ich verdiene siebenstellig
Jedoch mach ich mir nichts aus Geld
Lass es liegen, wenn es runterfällt.
Ich lebe ruhig und stets gelassen
In Häusern mit bis zu 10 Terrassen.

Nun ja, ist das nicht komisch im Augenblick
Verdienen Sie Milliarden mit Kapitalismuskritik.
Man sieht Sie mit dem System rumtrollen
Das sie eigentlich erledigen wollen.
Wie passt der Umstand, dieser eine
Zum Sammeln bunt bedruckter Scheine?

Gute Frage, guter Punkt
Da bin ich noch nicht abgestumpft
Ich sag's mal so, ich überlebe
Nur wenn ich was von Herzen gebe
Also Kunst, die kommt von innen
Nur damit kann man was gewinnen,
Und schreib ich nieder Herzensqualen
Lass ich mir den Scheiß gut bezahlen.

Nun gut, ich kann das gut verstehen
Mir würde es ähnlich gehen
Nur leider bin ich Journalist
So eine Art Trendfaschist.
Kommen wir zur letzten Frage,
Stellen Sie sich vor, dass dieser Tage
Viele Menschen so schreiben wie Sie
Und verwässern die Philosophie,
Die Sie einst schufen mit Ihrer Kraft
Gehören diese abgeschafft?

Nun ja, da sind ein paar, dies können
Ich will jetzt keine Namen nennen.
Nur die meisten dieser Schreiber,
Kleine Gehirne, große Leiber,
Denken nach ein paar obszönen Sätzen

Kann man sich zur Ruhe setzen.
Doch sie begreifen nicht den Kern
Und sind und bleiben der Wahrheit fern.

Vielen Dank fürs Interview
Ich hoffe nur, Sie bleiben true.
Zuletzt wollte ich noch fragen
Haben Sie noch letzte Worte zu sagen?

Nein, keine Notwendigkeit
Denn letzte Worte brauchen Zeit ...

Und jetzt alle: WEITERMACHEN!!!

Bücher, die Aufsehen erregen

Linda Lovelace
Die Wahrheit über Deep Throat
978-3-453-67505-6

Jenna Jameson
Pornostar
978-3-453-67504-9

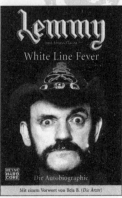

978-3-453-67525-4

Mötley Crüe/Neil Strauss
The Dirt
978-3-453-67510-0

Toni Bentley
Ich ergebe mich
978-3-453-67500-1

Jonathan Nasaw
Blutdurst
978-3-453-67501-8

Jack Ketchum
Evil
978-3-453-67502-5

Richard Laymon
Rache
978-3-453-67503-2

David Peace
1977
978-3-453-67509-4

HEYNE‹